左妍 著

印度？印度！

中国女子独行印度40天

海天出版社
·深圳·

图书在版编目（CIP）数据

印度？印度！中国女子独行印度40天 / 左妍著. —
深圳：海天出版社，2019.7
　ISBN 978-7-5507-2635-2

　Ⅰ．①印… Ⅱ．①左… Ⅲ．①游记－作品集－中国－
当代 Ⅳ．①I267.4

中国版本图书馆CIP数据核字(2019)第073941号

印度？印度！中国女子独行印度40天

YINDU? YINDU! ZHONGGUO NUZI DUXING YINDU 40 TIAN

出 品 人　聂雄前
责任编辑　南　芳　朱丽伟
责任校对　李　想
责任技编　郑　欢
装帧设计　知行格致

出版发行　海天出版社
地　　址　深圳市彩田南路海天综合大厦（518033）
网　　址　www.htph.com.cn
订购电话　0755-83460397（批发）　83460239（邮购）
设计制作　深圳市知行格致文化传播有限公司 Tel：0755-83464427
印　　刷　深圳市新联美术印刷有限公司
开　　本　889mm×1194mm 1/32
印　　张　9.75
字　　数　220千字
版　　次　2019年7月第1版
印　　次　2019年7月第1次
印　　数　1—4000册
定　　价　68.00元

Foreword

前 言

　　当我完成全部行程，再回头来看这部游记时，我发现我最初对印度的看法是非常浅薄的，我试图对游记的开头部分进行修改，但转念一想，还是不要改动为好，因为所有的文字都是我这一路的真实经历和心路历程。

　　我曾经看过许菘的《印度走着瞧》，它吸引我走向印度。这本书是许菘九年前写的，那时的印度人看中国还戴着有色眼镜，认为我们和他们是半斤八两。我想我们不能责怪他们的思维，那时，大家都是井里的青蛙。直到今天，我这只青蛙走出国门去看另一只青蛙的故事，才发现，有些事情，不是我想的那样。

　　很多印度人在知道我来自中国后，会伸出大拇指"Good place!"（好地方），语气真挚。印度普通民众开始承认两国的差距。很多印度人都知道现在的中国，经济发展很快，变得强大了，这得归功于网络信息的发达和无处不在的"Made in China"（中国制造）。

　　然而印度人对待生活的态度以及他们保存完好的历史文物、古迹，彻底地动摇了我是来自一个文明大国的信心。抛开网上各种负面新闻来看印度人，在我的感觉里，他们是温和、友好、善良的。印度人以自己的方式慢慢发展，沿着印度特色的轨道前进。我在印度长达 40 天的行走里，以一个单身女人的身份，深入民间，经历了各种事情，遇见了不同人群，我真正地感受到印度人特有的温良个性。

我以我自己的方式去看印度，亦在此书忠实地记录我的印度之旅，真实地向大家展示我眼中的印度——这个让我爱、让我恨、让我发疯的地方。

Contents
目录

第 3 章 恒河！恒河！

浑厚的男音，拖着长长的尾音，抑扬顿挫，高低起伏，通过大喇叭就这样一声声冲进我心房，我的大脑瞬间"轰"地炸开，注满鸡血。

第 4 章 诱人的克久拉霍

就这样，两个女人操着磕巴英语在车厢里热烈地聊开了，我们一致感叹恒河带给我们的震撼，它的肮脏让我们反胃……全然忘了旁边还有几个印度人支棱着耳朵，听得兴趣盎然。

第 5 章 阿格拉之行

印度人慢悠悠地生活着，慢悠悠地承受生活带来的苦与乐，从上至下都是一种慢悠悠的生活态度。这种生活方式和态度带给他们的究竟是什么？

第 6 章 纠结的德里

和印度人打交道，没有什么防御、理智，他们非常"三八"，同时也接受你的"三八"。如果你是一个爱耍宝的人，在印度你可以找到众多的志同道合者。

第 7 章 奇妙的阿姆利则

印度和巴基斯坦边境，两国升国旗和降国旗的时间、地点一致，形成十分有趣的现象。两国的礼仪士兵憋着劲比高低，居然憋出了世界景观。

第 8 章 胆战心惊的斋浦尔

作为一个单身女人，我想大家最关心的还是我是否受到性骚扰，如果我说没有，那是假的，我会在最后把我所受到的骚扰忠实地呈现给大家。我在这里想说的是：独自在外，千万不要害怕，不要呈现出懦弱的一面，一定要满怀警惕，确保自己的安全。

第 9 章 迷人的普什卡小镇

行走印度，最让人扫兴的是无处不在的乞讨者。急则生变，经历多了，我有了自己的对策。以牙还牙，这招非常管用。

第 10 章 蓝色的焦特布尔

胡里节，这个让人疯狂的日子即将到来，我期待着即将到来的疯狂，我想我一定会用我全部的热情投入到这场颜色大战里。

第 11 章 我该怎么形容你啊，孟买？

离开让我痛并快乐的焦特布尔，魂魄还没有从那场颜色的狂欢里跟来，我已经踏上了孟买的土地。

第 12 章 外国人的天堂——果阿

这里有据说是亚洲最大的教堂，还有融合了拉丁热情、颓废嬉皮、神秘印度风情的海滩。

第 13 章 金奈奇遇

我喜滋滋地朝给我指路的印度大哥偷偷比画了个谢谢的手势，就顺着红色围墙往前走，抬首间，法院红色的建筑已朝我露出了它绝美的姿容，这只是冰山一角。

第 14 章 最后一站——加尔各答

在焦特布尔，因为过节，也因为我报复了非礼我的男人，这件事在我心里倒是没有留下太多的阴影，但是在加尔各答，我彻底地愤怒了。

第 1 章

要**成功**先**逼疯**

Chapter 1

用印度政府的话来说：印度是一个不可思议的国家。

在我的思维定式里，印度除了贫穷、暴力、犯罪、落后、肮脏之外还能有什么？当然还有若干年前风靡中国的印度电影《大篷车》《流浪者》《奴里》……还知道他们的 IT 业很发达，天气很热，妇女的纱丽很漂亮。当然他们还有恒河文化，有美丽的泰姬陵……对于印度，我实在是知之甚少。

然而我还是想去印度，这源于我的英国朋友 Ken，他已经去了三次印度，并且打算继续。用他的话来说：虽然印度很脏，很乱，但是真的太精彩了！

我想过精彩的人生，让生命不留遗憾。在准备了一年之后，我辞掉工作，在众多疑惑的目光里，义无反顾地出发了。

曲折的签证

我决定从尼泊尔进印度，这样的安排源于一个误会。

网上说（请诸位不要轻易相信网上的说法）：中国人在印度只有 30 天的停留期。虽然有效期是 90 天，但是签证办下来，停留期就开始计算，那实际到手的天数还不到 30 天。为此我咨询了帮我办理签证的旅行社（包括很多家办理签证的旅行社），人家也斩钉截铁地告诉我只有 30 天的停留期。面对如此短暂的停留期，咋办？"曲线救国"吧！

怎么救？在第三国办理签证呗！

这第三国是哪里？答案是尼泊尔。

于是我在半年前就根据网上（再次申明：千万不要完全相信网络）的咨询结果，制订了我的出行计划：先飞到尼泊尔，在尼泊尔办理签证（网上说可以获得两个月的签证），从尼泊尔进入印度。

怎么样？简单吧！何况去尼泊尔就像去我家隔壁串门一样，打个招呼就去了（这是我第三次去尼泊尔了），基本没有被拒签的可能，而且有效期长（半年）。

根据行程安排，我于半年前就在国外一家网站订好了机票，超便宜。出门在外，路费是一笔很大的支出，提前预订可以节省很多钱。

订好机票，行程大致有了，跟着一本叫《孤独星球》（Lonely Planet）的书走就好。

好了，现在万事俱备，只欠东风。

这东风是什么？

答案是时间。

时间到了咱就出发。

可是时间还没到，却生出些变故来，网上说，从尼泊尔进入印度的签证又有了新规定。

新规定说（在我订了机票后）：从某年某月某日起，中国人从尼泊尔进入印度的，从递交申请到获得签证须等待 21 天，至于是否能获得签证，答案是不一定！

等了 21 天还不一定能获得签证，白白浪费 21 天。当然尼泊尔也很美，待 21 天也值得，但这不是我此行的目的啊，何况我这是第三次来了。

怎么办？赶紧又上网查，在看过诸多网站，又咨询了诸多到过印度的权威人士之后，终于得到正确的回答：停留期就是有效期，有效期就是停留期，中国人到印度的旅游签证可以是三个月的停留期，只是日期要从签证生效开始。

天啦，我晕！不知哪个没事干、吃饱了撑的家伙搞出个停留期，害得我多花了冤枉钱，订了去尼泊尔的机票。我本来可以直接从中国飞印度的加尔各答或是德里。

不过，俗话说得好："既来之则安之。"因为预订的是亚洲航空的廉价机票，退了极不划算，那就从尼泊尔进入印度吧。因为这个想法，我体验了一次惊心动魄的入境"探险"之旅。

道听途说的传闻

从尼泊尔进入印度，要先到尼泊尔的边境小镇蓝毗尼。

蓝毗尼是佛祖释迦牟尼的诞生地。相传公元前 6 世纪，释迦牟尼的母亲，也就是迦毗罗卫国净饭王之妻摩耶夫人，根据当地的习俗，要回家待产（这和中国习俗不一样），在返回娘家的途中，行至现今蓝毗尼园，摩耶夫人觉得天气炎热，便想沐浴，当她走出池塘时，腹中阵阵疼痛，于是右手扶着娑罗双树，将太子从右肋下取出。太子出生后，连续走了七步，大声说："天上天下，唯我独尊；三界皆苦，我当安之。"蓝毗尼因此成了佛诞圣地，虔诚的佛教徒多来此参拜，更有甚者在此修建寺庙。摩耶夫人原来信奉婆罗门教，因此这里也成了印度教教徒的圣地。当初摩耶夫人手扶的那棵娑罗双树如今成了人们膜拜的对象，许多不孕的妇女和希望生个聪明宝宝的夫妇都来这里祈祷。

蓝毗尼的
小沙弥

蓝毗尼的
中国寺庙

　　蓝毗尼寺庙群里的韩国寺，来此修行的香客、居士多在此居住。当然更多的是像我一样的来自世界各地的背包客。这里是由尼泊尔从陆路进入印度的必经之地，环境清幽雅静，住着很是舒服，到达蓝毗尼休息一晚（喜欢的话多待几天也无妨），然后乘第二天的巴士很快就可以到达边境。

　　我想在这里等个人。

　　等谁？我不知道。我等的是能和我一起进入印度的短途旅伴。

　　清晨，在蓝毗尼闲逛时，遇到一位来此修行的兰州居士。闲聊中他得知我一个单身女人准备前往印度时，好意提醒我注意安全。他说，前几天，他就提醒一个中国女人，不要一个人过去，可是那人偏不听，结果，一个礼拜后回来了，被折磨得没了人形，东西全没了，好在命还在。

　　联想到这段时间，印度接二连三发生针对妇女的强奸惨案，我有些不寒而栗。

　　中午吃饭时，"心是菩提"告诉我："前两天有两个韩国人，在边境上被'洗白'，身无分文地走回来。"

在佛祖连走七步的地方，我遇到一个印度中年人。当他得知我要一个人去印度时，满脸担忧地看着我问道："就你一个人？没有其他人？"他的问话让我更是心惊肉跳，充满疑虑。

但是也有乐观的消息传来，几个开巴士的印度小伙子非常快乐地摇头晃脑对我说："不要担心，在印度你会很安全。"

天啊，我到底应该相信谁？

晚上，忐忑不安地躺在韩国寺硬硬的木板上，辗转反侧不能入睡。去还是不去？那边到底是天堂还是地狱？旅游诚可贵，生命价更高，为了家人，为了活着的美好，还是谨慎些好。

隔壁床位的韩国妹妹见我唉声叹气，知道原因后，用她一口非常流利的韩式英语安慰我："不用担心，我明天要去瓦拉纳西，你可以和我一起去。"

她说这是她三个月之内第三次去印度了。

看着面前这个瘦削的女人，我有些迷茫：是什么样的力量让她义无反顾地进入在有些人看来是龙潭虎穴的印度？

算了，不想了。不管怎么样，明天就要出发了，和韩国妹妹一起。

未来怎么样，经历后才知道。但我坚信一点，世上好人多！

韩国妹妹叫 Sharoy，今年二十八岁。由于她常年在外旅游，有很深的旅游阅历，每有韩国年轻人遇见她，都会谦恭地朝她鞠躬、问候。Sharoy 也毫不含糊地挺直腰杆接受他们的问候。

我问 Sharoy："你长年在外，家里没有意见吗？"

她非常豪爽地操着韩式英语回答我："没有。我老公认为，只要我开心他就开心。"

顿了顿，她小声说道："我现在好想回家。"眉目间有一晃而过的落寂。

这是什么道理？我心里有些嘀咕。在中国，若是谁家老婆一年四季在外漂泊，不是妻离子散就是闹得乌七八糟。不过从Sharoy 的脸上看不出太多东西，虽然我很八卦地猜测她话里的水分。Sharoy 明天和我一起去印度，有个富有经验的人相伴，我心里要踏实一些。

"秀逗"的安排
——完美的计划，让人难以预测的变化

Sharoy 的名字发音有些奇特，后来我发现她做事虽然直爽，但有时让人有些摸不着头脑，我索性喊她"秀逗"（指人一时犯傻，脑子转不过弯来），反正她听不懂中国话，发音听起来都一样。

第二天美美地睡到自然醒，吃过午饭后，下午三点从蓝毗尼出发，坐 40 分钟汽车到边境，再坐三个小时的汽车到火车站，之后买上一张到瓦拉纳西的火车票，在火车上睡五个小时，这是秀逗的完美计划。

可是人算不如天算，秀逗在蓝毗尼待了十几天，她完全不知道我们出发的这几天是印度的大壶节，而我对此根本毫不知情。因为有了秀逗，我如同抓住了救命稻草，以为跟着她就能平安抵达印度。可是我忘记了，秀逗有时候做事情，真的是让

人完全摸不着头脑。

其实知道又能怎么样？现在能陪我进印度的只有秀逗，即使她做事不按常理出牌，我依然别无选择！

下午三点钟，我们不慌不忙地出门了。花了很多时间和三轮车夫讲价，又花了很多时间等待去边境的汽车，时间一点一点地流逝。

离开尼泊尔总得和人家打个招呼吧，不过在边境口岸，和我一样向主人家告别的人堵了一屋子，我和秀逗好不容易把填好的表格连同护照递进去，又满头大汗地拿过盖了章的护照走人。就这样我和秀逗告别了尼泊尔。

但是，我有些迷糊，有些不相信，现在我就站在尼泊尔和印度的边境线上。这里，就像一条郊区马路，车来人往。如果不是我的面前耸立着一个并不高大的印度门；如果不是几个背着枪的印度士兵，悠闲地看着我们，我会以为这是我老家的某个县城。

然而现实是，我踏踏实实地踩在了印度的土地上。在进入

尼泊尔边境口岸，
在此等候出境的人们

印度之前，我想去换些印度卢比。在边境的换钱处，我大大咧咧、非常随意地将一百美元拿在手里，如同在尼泊尔的泰米尔老外区。没想到，站在一旁的秀逗一把从我手里将钱抢过去，我吃惊地看着她愤怒的脸庞。

她恼怒地说："你做事情怎么像孩子一样，没有一点警惕性。你要知道，你要去的国家是印度！"她恶狠狠地吐出"印度"这个词，一边情绪激动地朝我挥舞着百元美钞。秀逗继续朝我发飙："印度人看到钱会发疯，你必须时时刻刻捏紧你的钱，而且不能让别人知道你把钱放在哪里。"

我目瞪口呆地看着激动得满脸通红的秀逗，满心恐惧。

经过这两天的相处，我们已经有了感情，我知道她是关心我。可是天啦！还没有进入印度，这个家伙就结结实实地给我上了一堂课。偏偏我个性大大咧咧，经常背着孩子找孩子，还一路丢东西。

秀逗说："印度人看到钱会发疯。"我相信了，因为我刚踏入印度就经历了一把印度人的疯狂。

闭嘴，我只和男人说话

进入印度口岸，在街道的右边，有一个一不留神就会错过的像临街小商铺的地方——印度的入境签证办公室，旧兮兮的木门寂寞无声地打开着。

签证官和蔼得像值守小区大门的老头。他们那个旧兮兮的边境签证办公室，和我想象中庄严富丽的场景相去甚远，不像行政办公室，倒像个破旧的临街商铺。

不过在这里办签证会让你感觉非常舒服，最幸福的是：你可以在签证办公室里自由行动；你可以充满好奇心地东张西望；你可以在三间小小的办公室钻进钻出；你可以肆无忌惮地问东问西。

最外间的屋子摆了几张长桌子，方便发放和填写表格，三个中年印度男人坐在桌子后面，一脸和善地接受入境者的咨询，还帮别人把表格上填错的地方更改过来。

和蔼的印度男人，耐心地帮我更改表格上填错的地方，他非常干脆地划掉我写错的地方，直接在空白处填上正确答案。填完表格，另一个中年男人在我的护照上戳上一个蓝色的印章——这意味着，我合法地进入了这个国家。

我还来不及感动，秀逗就把我从这个像临街商铺的签证处拉了出来。原来，这一路走来，花费的时间不知不觉超过了秀逗的计划。三点从蓝毗尼出发，现在都快七点了，我们还在边境线上晃荡。我不明就里，不急不躁。秀逗想赶十点多的火车，看着天色已晚，她开始着急起来。

秀逗的原计划是：在边境坐三个小时的汽车到火车站，花费 50 卢比。现在快七点了，去火车站的大巴车还不知所踪，她开始着急，见她着急我也开始心慌。

不过让我更心慌的是：我们被几个印度男人包围了。

围着我们的印度男人把我和秀逗围在中间，原本渐暗的天色被他们遮拦得更不见天日，好在他们并不很粗鲁，虽然几个男人朝我们吵吵嚷嚷。

我终于听清楚，他们是在问我们要不要乘坐出租车。

行走尼泊尔，习惯了那里温文尔雅、淳朴善良的人。怎么一路之隔，不，一门之隔的印度人竟是如此"造型"，我有些不习惯这种转变。

让我不习惯的还在后面。

围住我们的印度男人，七嘴八舌地问我们要不要乘坐出租车。我不敢答话，害怕遇到"黑车"。

我背着大包紧紧地拉着秀逗的手。秀逗坦然地犹豫着，面对几个男人的包围，她并没有像我一样惊慌失措、胆战心惊。我知道她心疼的是钱。毕竟坐大巴 50 卢比（合人民币五元多）就可以到火车站，面前这些男人要价 1400 卢比。我们两个人分摊的话也要一人 700 卢比。看着犹豫不决的秀逗，我有些心慌，天色越来越暗，无论如何，今晚我一定要离开。

我们已经耽误了时间，现在我不能再耽误下去，万一在这里出了事情怎么办？已经有 N 个好心人提醒过我：边境很乱，进入印度，一定要迅速离开边境，确保平安。

我决定不再依靠顾忌金钱的秀逗，我态度坚决地告诉秀逗，我要离开，即使是坐出租车也要离开。见我如此坚决，秀逗难得地顺从了我的意思。

她开始和几个包围着我们的男人讨价还价。

透过这些肤色黝黑、手舞足蹈、口沫横飞的印度男人，我隐隐约约地看到不远处有个老外也被几个印度男人包围着，在讨价还价。

老外是一个人，似乎已经谈妥了价格，准备跟他们走了，但是几个印度人不知道为什么还在扯皮。我想跟这个老外一起走。从这里进印度肯定是去火车站，而且他是孤身一人，又是个男的。

如果能和老外同行的话有两大好处：一是可以分担费用，二是路上多了一份安全保障。

要知道从这里到火车站有三个多小时的车程，这个时候出发，肯定要走夜路。我拉着秀逗，推开围住我们的男人，大步朝老外追去。现在我心里没有了恐惧。有些事情，当你勇敢面对时，你会发现，所谓的恐惧，很多是来源于自己的想象。

我拉着秀逗大步朝高个老外冲去，几个印度男人像苍蝇一般追在我们后面，"嗡嗡"吵个不停。我懒得理他们，径直冲到老外面前。

当我向老外说明我们的意图后，老外理所当然地接受了，因为他也正心疼高昂的车费，现在一下出现了两个人将费用分担了大部分，何乐而不为呢？

老外非常开心，可是有人不开心了。

原本拉住老外讲价的四五个人，本来就在为到底乘哪一部车扯皮，现在可好，突然冒出两个亚洲女人，加入租车行列。加就加吧，对他们来说无非是多了两个人一起走，反正车费不变。要命的是这两个女人后面跟着的七八个印度男人。原本可以租两辆车的计划，一下子变成了只租一辆车，竞争瞬间激烈起来。

跟着我们的七八个印度男人，加入到原本争吵的四五个人中，这下可热闹了，十几个男人把我们撂在一旁，吵吵嚷嚷，争执不休。

看着争吵的男人们气势汹汹的样子，我有些发蒙，不知该怎么办。秀逗一声不吭地站在旁边，这个时候她真的"秀逗"

了。但是总不能就这么干耗着，等他们争出结果来吧，看他们那副热火朝天的样子，一时半会儿应该不会有什么结果。

关键时刻，老外站出来了。

他不再理会这帮吵得翻天的男人们，带着我和秀逗朝不远处停着的几辆车走了过去，我模模糊糊地看见汽车里有人坐着。

可是情况又有了变化。

那帮原本把我们撂在一旁吵架的印度男人，见我们离开，慌忙跟了上来。最让人受不了的是，他们一边吵一边把我们团团围住，包括我们选中准备乘坐的小轿车。

小轿车里有人坐在驾驶座上，我觉得那是司机，可是他稳稳地坐着并没出来。

我急了，我们要在这里耗到什么时候？

比我急的还有人，谁？老外。

他急得对着这帮人说："Stop！ Stop！"（打住）

这帮人中，有个长相凶狠的人看上去似乎是个厉害角色，老外看准了这点和他谈了起来。

老外说："你决定吧，我们坐哪一辆汽车？"

看来老外和我一样，知道今天不由这帮人决定，我们谁都走不了。

见老外这样说，那些正在吵吵嚷嚷的男人有几个闭嘴了。

不过他们并没离开，继续围着我们。

没想到印度男人的回答让我大跌眼镜，他说："原来你们是要两辆车的，现在只要一辆，1400 卢比太少，最少你们得出 2500 卢比。"

我晕。

我冲了出来，朝他说道："抱歉，我们不需要你的车，我们自己找车好了。"我不担心车的问题，因为我已经看见很多车停在路边。

男人根本不理我。

于是我提高嗓门重复了一遍我的话。

可是重复一遍又有什么用？人家的"回答"是：闭嘴，我只和男人说话。

我出门前就知道：印度妇女是没有地位的。

可我不知道的是：外国妇女在这个国家同样没有地位。

好，你够狠。你不把我放在眼里，我就转换目标。当然我现在的目标是我的同盟者——老外。

我不再理会印度男人的藐视，我拉过老外在他耳边嘀咕说："NO。"

我没法和老外说中国话，因为老外听不懂。可是我又不想和这十几个印度男人公然树敌。在这里，大家都懂英语，你想私下沟通都不行。

老外点头同意。唉，还是文明世界的人好沟通啊！

不过，无论老外怎么说，1400 卢比就是不行。

最后好说歹说按照每个人 700 卢比收费，我们终于可以离开了。

当我们几个人钻进汽车坐定，又起变故。

怎么啦？给钱，先给钱才能走人。可是找我们要钱的不是坐在车里的司机，而是和我们谈价钱的人。

我们几个考虑再三，决定先给一半。

男人拿了钱迅速离开了。

我们付了钱，该走人了吧？可还是不行。司机说，他没有拿到钱，不走。

老外说，这个我不管，钱给了你们，如果你不走，我就报警。

见他如是说，司机无可奈何地摇着头，下车去了。

透过车窗，我看见司机对着拿钱的那人很费劲地说着什么，然后拿钱的男人从我们给他的钱里抽出了三张后，将余下的钱递给了司机。

我终于明白，这些围住我们讲价钱的并不是司机，都是些给司机拉客的掮客。可是如此之多、如此之贪婪的掮客，我平生第一次看到。

秀逗说得没错，印度人看到钱就会发疯。

初入印度，我真正领略了一次印度 Style（风格）。

没有拿到钱的掮客，不甘心地围着汽车，还有几个人将头探进车窗，和司机叽叽咕咕地说着什么。不知道他们说的是什么语言，我根本听不懂。不过从表情上看，有恶狠狠的威胁，也有反复的叮嘱。我终于弄明白，那些围着我们的印度男人，多是本地地痞，以为游客找车为借口，连哄带骗地弄钱。好在我机警，临时捡了个老外，如果只有我和秀逗被七八个男人围住，真不知道会发生什么。所以在印度不要轻易和陌生人说话，有危险要远远地避开，这是我初入印度得到的教训。

让人疯狂的过境

司机拿到钱，开始出发。

车上四个人，加上司机，都来自不同国度。被我们捡到的老外叫约翰，美国人。这是他第二次来印度。三个来自不同国家的人在车上有一句没一句地闲聊着。秀逗很淡定，一边聊天一边用手机发短信。约翰则显得有些紧张，尽管他这是第二次进印度，尽管他是一个男人。我和约翰的感受一样：紧张！防备！提心吊胆！约翰担心被抢劫，我的担心更多了一层，谁让我是个女人。

车开出不远，拐进了加油站加油。

加就加呗，天空还有亮光，何况加油站也安全。可是个子瘦小的司机两手一摊，说："我身上没钱，你们要拿钱给我加油，200 卢比。"

哪里来的逻辑？我和约翰异口同声地说："No。"

我说："加油是你的事情，凭什么要我们给钱？何况刚才我们已经给你钱了，我亲眼看见那个男人拿钱给你的。"

司机一脸痛苦状，说："我真没有钱，你看，我真没有。"

他一边说一边拿出空空如也的钱包。鬼知道刚才他把钱放哪里了？见他如此，我和约翰也懒得再和他计较，给就给吧，赶路要紧，何况我们只给了一半的费用，反正羊毛出在羊身上。加满油，我们舒了一口气，这下我以为可以轻轻松松地上路了。可是老天对我可没有这么客气，他非要在印度边境把我弄疯才开心。

车开出加油站，无巧不成书地在一家汽车修理店旁爆胎了。一个非常低劣的伎俩，在马路上撒钉子原来不只是中国人的专利。谁的运气好，谁就"中奖"，"中奖"干吗？换胎！

我们的车非常荣幸地"中奖"了。

　　更可恨的是司机的备胎也是破的。修理店的人一边不疾不徐地换着轮胎，一边和司机开心地聊天。他们开心我能理解，有生意上门，能赚钱当然开心。我不明白的是，司机明明是受害者，干吗也是一副开心的模样？后来在印度久了我发现，很多印度人安于现状，安于慢吞吞的生活节奏，安于老天安排的命运……很多时候他们反倒不理解我的焦急和浮躁。面对我的情绪，他们经常安慰我：No problem！（没问题）

　　老天终于褪掉了最后一点亮光，完全漆黑。马路上没有路灯，只有修理店的应急灯若有若无地亮着，街道死寂黑沉。不停有印度人走过来瞧热闹，鬼知道他们是从哪里冒出来的！

　　印度人瞧热闹并不旁观，好像事情就发生在他们身上一样，每个过来的人都热情洋溢地发表一番高见，叽叽咕咕地指手画脚。看着越来越多的旁观者，我心情更加沉重了。

　　我担心这是一个圈套——一个抢劫的陷阱。

　　我把我的担忧告诉了其他两人，秀逗没有发表意见。不过约翰安慰我说："不要担心，这不像有阴谋，刚才我看了车胎，真的有个窟窿。"

　　尽管有约翰的安慰，我还是充满警惕地站着，要是有什么情况我一定第一个冲进黑暗里，虽然体力不行，但逃命的速度我还是有的。

　　我警惕地站着，坚决不喝修理店人员递过来的奶茶，我怕麻药之类的东西，约翰也不喝，他喝的是自带的矿泉水。只有秀逗，轻轻松松地喝着奶茶，一副非常享受的样子。（后来行走印度，我可没少喝这种印度特色奶茶，其实非常美味）

　　幸运的是，我白警惕了一回，20分钟后我们又上路了。约翰对司机开玩笑说："你不会再加油，再爆胎了吧？"

小个子司机并没有因为又掏了 200 卢比补轮胎而影响心情，虽然这 200 卢比还是我们先垫付的，最后都要从他的车费里扣除。

他仍然开开心心地说："当然不会了。"

我不知道这样的事情，如果发生在我的身上，情绪会如何？先被吃了高额回扣，紧接着要给汽车加油，还要支付昂贵的补胎费用，最后不得不在漆黑的夜晚（印度的公路旁是没有路灯的，大部分的公路都没有夜间反光标识）高速前进几个小时……我的心情早就恶劣透顶了，印度司机没事人一般，继续开车后仍和我们有说有笑。

我们并没有因为司机的轻松而放松警惕，至少我和约翰没有。秀逗一上车又开始玩弄她的手机，天知道这个时候她怎么能如此轻松？汽车在没有路灯的马路上奔驰。夜间行驶，我发现往来的车辆都没有打开大灯，虽然我此时无比紧张，内心还是非常佩服人家印度人的礼让。

哎！我还没有感叹多久，一件惊心动魄的事情又发生了。老天啊！快点让我平平安安地离开边境线吧！我越是这样想，老天越是要安排一些疯狂的事情让我经历。

估计他是这样想的：你既然敢来，那就要有胆量承受一切。

是的，我不得不在这条充满刺激与惊险的国境线上，开始我的印度之旅，因为司机将车驶离了大路，往一条岔道上驶去。

约翰第一个反应过来。他反应过来后第一件事情就是对着司机咆哮："What are you doing?"（你在干什么？）

我被突如其来的变故惊得声嘶力竭地大喊大叫起来："你要

往哪里走？你想干什么？"

司机被我们的叫喊弄得惊慌失措，他说话结结巴巴，以至于我们听不清他说什么。其实他现在说什么都没有用，根本没有人听他的。牛高马大的约翰伸手抢过方向盘，企图掉头往大路上走。他一边拨弄方向盘一边声色俱厉地朝司机吼道："你要去哪里？走啊，往回走。"

司机不知怎么回事，双手一边在方向盘上乱拨，一边忙不迭声地回答："Yes! Yes!"

我猜测着可能发生的种种，激动得用钢化杯猛烈地敲击着司机的座位。

我想：如果他不配合开回去，我的杯子一定会狠狠地朝他头上招呼过去的。

装满水的钢化杯，这个时候拿在手里就是一块砖头，可以自卫。被吓坏的不仅是我和约翰，司机也被吓坏了。

我们恐惧的是，他更改路线，企图让我们进入陷阱。

司机恐惧的是，我这个疯狂的中国女人，冲动之余会给他几下。虽然不足以致命，但当一个人失控的时候，那股爆发的力道也够他受的。所以我听到了他颤抖地回答："好的，女士；好的，女士。"

当汽车重新驶回大路的时候，我发现我全身濡湿，虚脱得没有一丝力气。那只捏着钢化杯子的右手几乎不能伸直。约翰也比我好不了多少，从他很明显起伏的背影上，我看得出他在大口地喘气。要知道，刚才我们还什么都没有做，只是虚惊了一场，不，两场，因为，又有人将我们拦住了。

天哪，这种事情到底有完没完？

车子驶回大路，还没等我们松口气，几束刺眼的手电筒光毫不留情地射进车窗，射进我们的眼里。约翰紧张地对着司机喊叫："不要停车，快，冲过去。"

是的，只要不停车，再多的人拿我们也没辙，可是司机已经开始减速，我们又被包围了……

包围我们的是三个非常健硕、魁梧的男人，几个人拿着刺眼的手电筒朝车里乱晃。

"完了，这下跑不掉了！"我心里暗暗衡量了一下敌我势力，"加上司机的话，他们是四个男人，而我们一男两女，何况内外接应，这下死定了！"我打定主意，死活不下车。

我不打算离开车内，如果真遇到暴力，我该怎么办？是抵死不从？还是保命要紧？正当我纠结、恐惧时，我发现还有一个人比我们几个还恐惧，那就是司机。他停下车来，却并不下车，而是在车内再次结结巴巴地对着那几个人说话。我说他再次是因为在此之前他被我们恐吓了一次，差点被我的杯子砸在头上，还被约翰当头棒喝，可是现在他说话居然比刚才还颤抖。

他说："Sir（长官），你看，他们都是外国人，我有正当手续，我不是非法运营。"

哈哈，原来是查"黑车"的。在此我要感谢一下印度政府，虽然网上说前不久他们修改了中国人从尼泊尔进入印度的申请方式，害得我多花冤枉钱，不得不从这条满是危险的国境线上通过。不过在这里我还是要感谢他们一下，因为印度和尼泊尔边境的治安不是那么太得人心，再加上那些难以启齿的烂事被传到网上，这让印度政府不得不增加了检查人手，防患于未然。虽然这次让我们几个又惊吓了一回，但当明白是怎么回事后，突然之间心里充满感激。

三个便装彪形大汉听司机如是说，并没有真看他的手续，而是再次拿着刺眼的手电筒在我们脸上晃动。不过我们现在不紧张了，非常配合地露出笑脸让他们照，一边在心里担心他们找司机的麻烦，又要耽误我们的时间。好在我们心想事成，在眼睛被照射了 N 次之后，终于被放行了。

有惊无险，约翰心情愉悦起来，他甚至开起了司机的玩笑。

他说："哈哈，这个检查是专门针对你的，是吗？你是不是开'黑车'？"

司机还没有从刚才的惊吓中回过神来，他话语里仍然满是哆嗦，他说："不……不是，我不是'黑车'。"（他有手续）

看来这几个人对他造成的惊吓，远远大于刚才我和约翰给他造成的惊吓。我们之间只是误会，可以说清楚。这三个人就不好说了，如果人家不想和他说清楚，他哪里可以这么轻松地走掉。

后来这一路上我们又遇到了一次检查，这次司机就被罚款了，尽管他有正当手续。我心里不禁有些同情他，辛辛苦苦跑车所得，先被地痞流氓盘剥，路上又要加油，还要被汽车修理店铺撒钉子换轮胎，一路上还要担心被罚，如果遇到不良顾客还有被抢劫的危险……我现在开始明白，刚才他为什么想走小路了，原来是为了避开查车，少花些冤枉钱。

路上有了查车的警察，我感觉松了口气，脑袋里那原本绷得紧紧的弦放松下来了。这一放松顿觉疲惫不堪，靠在椅背上，昏昏欲睡。我和秀逗靠在椅背上昏昏沉沉地进入半昏睡状态，约翰依然精神百倍，保持高度警惕。

唉，做男人真累，女人可以休息了，男人不能。想想都替他们感到心酸。天塌下来他们得扛着，遇到危险要往前冲，受苦受累不能躲，否则就不是男人。当然我这里说的是理想中的男人，不是男人的男人多的是了。

对于约翰来说，此时只有他一个男人，保护这两个萍水相逢的女人是他的责任。何况这个时候他更想保护的是他自己，他警惕些，我们相对地安全一些。

有男人在真好啊！即使我们和他萍水相逢，这个时候我们完全可以信任他。让男人累去吧，女人休息！

可是约翰过度紧张了，他紧紧地绷直了背，牢牢地盯着前方，只要看见前面有车，他一定叫司机快速冲过去。司机在他不停地催促下，车速越来越快、越来越快……在漆黑的夜里，在没有路灯的印度高速公路上（和我国的郊区马路没有多大的区别）一路狂奔。即使如此，约翰仍然让司机见车就超。我有些郁闷了，约翰啊约翰，你即使要赶车也不能如此玩命啊！这么快的速度，要是有个闪失怎么办？我可是上有老下有小啊！还没有进印度就把小命丢在这里，我不甘心啊。

于是，我忍无可忍地制止仍在催促司机加速的约翰。我说："我的朋友，我理解你的心情，可是，现在没有路灯，这么快的速度很容易出事，你要为我们的安全着想。"

约翰很吃惊地回头看着我："不，不，不能停下来，我们必须要超过所有的汽车。"

为什么不能慢点？我不明白约翰的想法，心里责怪他做事太过于莽撞，夜是如此黑暗，车速是如此之快。要是……怎么办？我担心极了，嗓音也大了。

我说："为什么不？我需要安全的车速，这很危险，你知道吗？"

约翰解释道："我们必须要快，要是前面有汽车停下来，横在路中间，真有了埋伏，我们一个都跑不掉。"

这个时候，一直昏昏欲睡的秀逗拉了拉我的衣袖，示意我不要再说话了。想想约翰说得也在理，两害相权取其轻吧。何况车速还在司机的可控范围。就这样，一路提心吊胆，两个半小时后，我们终于平安到达了戈勒克布尔（Gorakhpur）火车站。

司机离开后，约翰拦住我和秀逗，一本正经地说："我必须要对我刚才的行为做个解释，也许你们认为我不停地催促司机加速是发疯了，但我必须那样做，我得为我们的安全考虑。如果前面有车停下来把我们挡住，后面再来一辆车的话，我们就完了，我们三个谁也跑不掉。"

看着满脸严肃的约翰，我心里升起满满的感动！他有什么理由，有什么责任，要给我和秀逗这两个素昧平生的女人做解释？他对我们无欲无求，终生可能都不会再见，完全可以一走了之。可是他解释了，这个美国人对人对事的态度，给我留下了深刻的印象。我那种长期以来在心里根深蒂固的处事观念——清者自清，浊者自浊——此时有些动摇了。看着他严肃而真诚的脸庞，我有些明白，这不关乎什么样的处事态度，而是关于一种礼仪，一种对别人的尊重。谢谢这个诚恳的美国人，给我上了进入印度后的第二堂课，第一堂课是秀逗给我上的。

在约翰离开我们后，秀逗拉着我走进火车站的售票大厅，我的大脑"轰"的一下蒙掉了……

第 2 章
名副其实的洋春运

　　中国的春节，因为返乡人多，形成了世界奇观——春运。这种奇观，印度和中国有得一拼。

女人何苦为难女人?

秀逗的原计划是:乘晚上九点左右的火车到瓦拉纳西,她计划买卧铺票。这一路上耽搁下来,我们到达火车站时已经快十点了。误了计划中的火车,秀逗看上去有些焦急。我倒不急,因为我不赶时间,今天走不成明天走也可以。

秀逗不干。她约了朋友在瓦拉纳西见面,人家已经等着她了,无论如何,今晚她是一定要离开这里的。我什么也不懂,只能一路跟着她。

虽然这一路上因为秀逗的安排,我们赶了夜路,多花了冤枉钱,受了不少惊吓,我仍然一句责怪的话都没有说。既然选择信任别人,任由她安排的话就不要抱怨,即使她的安排出了错。可是一进入售票大厅,我就知道她的计划要泡汤了。迎接我们的是密密麻麻、横七竖八躺在地上的人。

看着躺满地上的人群,我有些犯愁了,担心一不小心踩在他们身上,制造出骚动和麻烦。

秀逗可不管这些,刚才那个在车上要么玩手机,要么睡觉,仿佛置身事外的家伙,这时候像打了鸡血般。

见我犹豫不决地站在大厅门口,秀逗一把拉住我,小心翼翼地闪动着"凌波微步",朝售票窗口"飘"去。可是每个售票窗口都排着一望无际的队伍。

秀逗挤到女性专用窗口,这边也同样排了长长的队伍。秀逗把头探进窗口询问得知,今天最后一班到瓦拉纳西的过路火车还有不到一个小时的时间就要到站了,而且没有卧铺票,只有硬座。看着排得长长的队伍,秀逗犹豫了。我也犹豫了,在我的计划里虽然有在印度乘火车的打算，但硬座可不在我的计划里。

来印度之前，我仔细地研究了印度的火车状况。我知道印度的火车分几个等级，从最高档的带有空调的卧铺到最次的硬座。硬座不在我的计划里是因为硬座虽然便宜，但同时也是最拥挤、最不安全的地方。

秀逗在窗口问清楚车次情况后，并不离开，她在快速思考怎么办。但是后面的女人们可不干了，有人开始大声呵斥我们不要插队。我赔着笑脸朝这些吵吵嚷嚷的女人解释：我们今晚要去瓦拉纳西，车很快要进站了，能不能让我们先买票？

可是没有人听我的，女人们大声地呵斥我和秀逗，让我们去后面排队。我尴尬地站在那里，手足无措，心里开始有些责怪秀逗，怎么这样安排？

我在心里偷偷责怪秀逗，这个没心没肺的家伙可没有察觉，面对印度女人们叽叽喳喳的阻止，她慢慢地从窗口探出身子，神情冷漠、倨傲地看着她们。印度女人们则非常蔑视地看着我们，她们在蔑视我们这种"没有教养的行为"。两种目光在空间无声地碰撞，似乎有"噼啪"声发出，霹雳生光。唉！此情此景让我想起一首歌《女人何苦为难女人》。

这时有人告诉我们到售票大厅门口去，那里有专为外国人服务的窗口。

这次我和秀逗牵着手，再次施展"乾坤大挪移"，"飘"到售票大厅门口。可是大厅外漆黑的夜空，一望无际的人流，去哪里寻找为外国人服务的窗口。

这样的情景难倒了我，秀逗可没有被难倒。

　　她拉着我马不停蹄地问人，问什么？问窗口在哪里。

　　一路惊魂早已将我折磨得疲惫不堪，现在背着二十多斤的大包，跟着秀逗在人群里被挤得东倒西歪，我有些后悔跟着秀逗一起出来，这个家伙安排事情真的很不靠谱。明明没有车票了，非得选择今天走，为什么不先规规矩矩地排队买张明天的卧铺票，在车站附近找家旅馆休息一晚，明天再舒舒服服地出发呢？我对秀逗提出了我的想法，我以为她会考虑一下，没想到她非常干脆地拒绝：No。

　　我无言以对，她不同意我的提议，我自己也没有胆量找家旅馆住下。漆黑的夜加上那些恐怖故事，成了我离开她最大的心理障碍，虽然我心里开始怀疑秀逗的安排，可是还只能心不甘情不愿地跟着她走。好的是，有人说，不远处有亮光的地方有人可以帮助我们。

　　亮光处摆着两张桌子，几个便装男人闲散地站在那里聊天。看着他们松垮垮的站姿，我拿不定主意是否请他们帮忙，要是遇到歹人怎么办？

　　秀逗可不管我是怎么想的，拉着我就往亮光处冲了过去。她告诉那几个诧异地看着我们的男人说："我们要去瓦拉纳西，快赶不上火车了，你们看现在天色太晚，我们两个女人不安全。"

　　我原本在旁边一声不响地观察这几个男人，我总是担心遇到坏人。听秀逗说她也担心遇到坏人，我忍不住朝她翻了个白眼：这个做事想一出是一出的家伙，一路淡定得像一只修行千年的乌龟，现在又死命地拉着我要乘今晚的火车，居然说担心安全？

不过她的话马上引起了这几个男人的重视，几个人讨论了一下，不到两分钟，真的不到两分钟，马上就有一个男人让我们跟着他走。去哪里？他带我们进入了售票大厅。

男人是火车站的职员，在他的帮助下（他是明目张胆地插队，没有人提出异议，由此可以看出权威在印度人心里的力量），我们没有排队就买到了当晚去瓦拉纳西的车票。不过是硬座——今晚只有硬座了。

唉！硬座就硬座吧，五个小时，自己警惕些，熬熬也就过去了。

可是秀逗告诉我，硬座是没有座位的。

我难以置信地看着她，大脑一片空白。

站台上黑压压的，站满了人。

秀逗告诉我，印度火车的硬座就意味着没有座位，火车进站的话你要第一时间冲上去，才有可能有座位。

第一时间冲上去？

我心里重复着秀逗的话。怎么可能？先不说我背了个"顶天立地"的大包，仅仅是满站台的男人，我就知道我搞不定。

我问秀逗："你以前乘过这么挤的硬座吗？"

秀逗很干脆地说："没有，这也是第一次，以前我乘的都是卧铺，没有这么多人。"

我继续问："那今天怎么这么多人？"

秀逗看着火车驶来的方向说："我也不知道。"

她不知道，有人知道。我们两个年轻、瘦弱的亚洲女人早已成了周围人看热闹的目标，已经有无数双眼睛，带着各种猜测，饶有兴致地盯着我们看，当然也有无数双耳朵听着我们的对话。

印度人永远是热情的，这点在后来行走印度时我充分体会到了，而此时我第一次有了这样的感受。

当秀逗说她不知道为什么有这么多人时，旁边人非常骄傲地说，他们是要去庆祝大壶节。

大壶节又称为圣水沐浴节，是世界上参加人数最多的节日之一。持续时间长达六个礼拜。几千万人从全国各地涌入一个叫阿拉哈巴德的地方沐浴，以清洗旧日罪孽，我们此行正好遇到大壶节的高峰时间。

回答我疑问的是一个年轻小伙子，看到焦虑不安的我，他好心安慰我不要紧张，火车来了，跟着他挤，抓紧他不要松手就是。

听他这样说，看着他和善的笑容，我心里的石头稍稍放了下来。

那时我们谁都不知道，几天后，在另一个火车站，参加大壶节的人因为拥挤被践踏踩死了许多。

我声嘶力竭地叫喊起来：Help! Help! Please!

没有晚点，即使如此多的人也没有晚点，这和我在国内听到的印度火车离谱的晚点完全是两回事。

人群骚动起来，朝着狭窄的车门蜂拥而去。

我紧紧地抓着秀逗的大包，秀逗抓着男人的手。

我们拼命地随着人群朝门口挤去，明明那扇狭窄的大门离我并不遥远，可是我使出了吃奶的力气都无法靠近一步。男人拉着秀逗，艰难地往前挪动。

从体力上来讲，女人永远挤不过男人，然而秀逗例外。她紧紧地跟着印度男人，小小的身子背着大大的包，她不是挤进去的，她是被卷进了车门。我就惨了，在秀逗被卷进车门时，我怎么也无法往前跨出一步。越来越多的人挤在我的前面，我反而被一步一步地往后推，终于我再也无力抓住秀逗的大包，我和她完全分开了。她已经随着人流卷入黑暗的车门里，而我还在门外疯狂地往里挤。

拥挤的人群加上嘈杂不堪的吵闹声、尖叫声，让我浑身大汗，且举步维艰。我想放弃算了，我知道凭我的体力是无论如何也挤不上去的。

在我身边，有个妇女愤怒地对着我大喊大叫，我听不懂，也懒得理会。不过让我不再无视她的原因是：她用手肘朝我猛击。

我心惊地愣住了，在这个女人强悍如男人的地方，我该怎么办？

我狼狈不堪地退出人群，退出相当容易，因为我从始至终都在人群的边缘。我看到每个小小的车门外都非常恐怖地挤满了疯狂的人群。

这一瞬间，我几乎放弃了乘火车的想法。可是秀逗已经进去了，而且这是今晚去瓦拉纳西的最后一班火车，如果上不去，我一个人，而且是一个女人，该去哪里？答案是我不知道。

"秀逗，秀逗！"我绝望地朝着秀逗进去的车门大叫。

没有人回答我，甚至没有人多看一眼我这个满脸绝望、狼狈不堪的女人。大家都自顾不暇，谁在乎你？

这趟火车在车站只停留二十分钟。

在《印度走着瞧》一书里，许崧对妻子说："如果被挤散，我们就在瓦拉纳西车站见面，不见不散。"

今天挤车前，我也对秀逗说：如果我们被挤散了，我们就在瓦拉纳西车站不见不散。

不过我相信秀逗不会等我，她急着赶往瓦拉纳西是因为有人在那里等她。我这样说只是安慰自己而已。

火车开始鸣笛缓缓启动，拥挤不堪的车门有了些缝隙，能挤的都挤进去了，不能挤的都挂在外面。

不行，我要走，我不能一个人留在这里。

火车缓缓地启动了，我瞅准一个机会，拼命地飞身跃上了一个挤得不是很满的车门。

火车越来越快！

天啦，火车门没有关上，我背上的大包还露在车外。车内黑压压，沙丁鱼般的人群挤不出一丝空隙，列车越来越快，风"嗖嗖"地吹得我头发凌乱。最可怕的是车内拥挤不堪，有的人已经挤到我的身上。我抓住门杆的手，快要支持不住如此大的压力。这么说吧，我随时都有掉下去的可能。掉下去怎么办？我可不想做他乡亡魂。背上的大包沉重不堪，似一股巨大的力量要把我恶狠狠地往外拽，我恐惧得尖叫起来……

我几乎是用指尖拉住车门上的铁杆，如果再有那么一点点的力量加在我身上，我一定会没有悬念地掉下飞驰的列车，被车轮碾碎，血肉模糊……

我似乎看见，列车呼啸着从我身上飞奔而过，无数人围着惨不忍睹的我摇头叹息的场面，我白发苍苍的父母哭得呼天抢地、悲痛欲绝……

透过模糊的泪眼，我声嘶力竭地叫喊起来："Help! Help! Please!"（救命）也许是我命不该绝，也许是我的凄凉无助感动了印度的神灵！我被一双有力的手拉住了！不，我被几双有力的手拉住了！人多力量大，我悬在列车外的身体，被一股巨大的力量拉进了列车，原本挤得沙丁鱼罐头般的车厢奇迹般的给我让出了一条路！

男人们把我从车门边"顺"到车厢里面！是的，全是男人，当我看清我的前后左右，上上下下全是男人时，另一种恐惧把我的心抓得紧紧的！前后左右的男人们把我紧紧地围住，目不转睛地盯着我！头顶的男人们居高临下并饶有兴趣地研究着我！他们之所以坐那么高，是因为印度人的行李架设计得和座位一样，可以轻松坐在上面！只是今天每个巴掌大的地方都挤了比平时多几倍的人！

我像一只落入狼群的羔羊，瑟瑟发抖！燥热的空气，充斥着男性荷尔蒙发出的各种味道，刺激着我的神经！前段时间印度德里公交车上发生的轮奸案，此时非常清晰地出现在我的脑海……无助和绝望让我再一次泪流满面……我真是发神经啊？明知山有虎，还偏向虎山行！我是充哪门子好汉？何况我根本就不是什么好汉，只是一个莽撞行事、自以为是、没头脑的女人而已！

离开了秀逗我像只没头没脑的苍蝇！可是现在我什么也不能做，我能做的只有哭！我害怕得泣不成声，哭得凄凄切切、情真意切……因为害怕当然情真意切。我一边哭，一边嘴里不停地喊："Help me please! Help me please!"

　　有人又在拉我，我恐惧地睁大眼睛，身体绷得僵硬。透过车厢内昏暗的灯光，我看见一双和善的眼睛！这是一个坐在行李架上的男人，他示意我坐他的座位！我还来不及说谢谢，就已经被男人们抬起来送到行李架上。可是因为我背着大包的缘故（以后出门尽量精简），男人让出的位置实在狭小，我爬了几次都没有爬上去！我狼狈不堪的样子引得周围人忍俊不禁。

　　虽然眼泪还挂在脸上来不及擦掉，虽然无数双手友好地把我往上举……但是我的狼狈还是让我闹了个大红脸，何况还有那么多双手，托举着我的屁股、大腿、小腿，上面的人拉着我的胳膊！

　　好不容易我在行李架上坐定，擦干眼泪之后，我终于可以清楚地打量我所处的环境了。

焦点人物

　　我现在所处的是印度最低等级的车厢！因为秀逗急着赶往瓦拉纳西，我跟着她体验了一把洋春运的疯狂！这节小小的车厢里，除了下面的座位上挤满了人，上面的行李支架上也坐了和下面一样多的人，也许行李架本身就是座位！支架上的人不能把腿悬吊在下面坐着的人的头上，为解决这个问题，都把脚搁在对面的支架上！我爬上来后，有人热情地让我脱掉鞋子，把脚搁在对面的支架上！脱下的鞋放在车顶的电风扇的外框上，上面已经叠放了很多双分不清颜色的凉鞋！

　　我坚决拒绝了脱鞋的邀请，我可没有勇气把我的"三寸金莲"无拘无束、赤裸裸地放在对面男人群里，何况由于座位的狭窄，接触的多是人家的屁股、大腿根这些让人敏感和想入非非的地方！

　　因为我的坚持，没有人再勉强我脱鞋！后来我知道，在印度很多地方是要脱鞋的！比如寺庙、某些商店、家庭……脱鞋代表尊敬和礼貌！初入印度，我对此一无所知，因为害羞，我坚决拒绝脱鞋！见我如此坚持，没有人再勉强我，我终于穿着鞋子把脚放在对面的支架上！

　　可是这样并不让人舒服，因为座位之间同样站满了人，站的人不能总是弓着腰，没办法，只能从头顶的长腿阵里将头探出去，于是，五六颗脑袋在彼此交叉的、粗粗细细的大腿里艰难地转动！我在上面同样非常艰难，我的腿无法迈过朝我好奇瞪着眼睛的脑袋，我只能将脚搁在对面小伙子的大腿上，尽管我再三说 sorry（抱歉），他也反复说没关系，我仍然能感觉到彼此的尴尬和愧意！但是有什么办法呢？情况如此，没有条件去讲究，将就吧！

　　靠着右边车窗顶上是长长的行李架，上面早就躺满了人，那里的空间只能容人侧躺，不过看上去比我现在坐立不安的境地舒服很多！行李架上一长溜地躺满了人。此时，无数双眼睛肆无忌惮地看着我！

　　满车的印度男人悄无声息地对我行注目礼，我尴尬地东张西望，装作不知道！

　　后来行走印度发现：印度人打量人的目光是肆无忌惮的。

　　无意间我发现，左边紧紧挨着我坐的小伙子身旁，一位年长的女性同样默默地看着我。这让我原本紧绷的神经松懈下来，在这个男人的世界里，遇到一位同性，虽然语言、国籍、肤色、风俗均不相同，但不知道为什么，我心里有种石头落地的感觉！

当我们目光相遇的瞬间，我发现她的眼里流露出友善的信息！我也微笑着回应，然后转移目光，继续尴尬地坐着。

可是没有多久，很快有人打破这种沉闷。我听见他们在议论我是哪国人。有人猜我是韩国人，有人猜我是日本人，没有听见谁说我是中国人！

终于有人忍不住向我求证，当得知我来自中国后，顷刻间，"Chinese！"的声音远远地传开去。后来行走印度时发现，印度人非常有趣，他们喜欢猜测老外的国籍，并一定会向被猜者求证，以此为乐。

满车厢的人没有谁猜我是中国人，这是因为在印度自由行的中国人数量比起韩国人、日本人来说，实在太少了！后来进入瓦拉纳西后发现，很多当地人都会认为我是日本人或是韩国人。在那里住了一个礼拜，只看见两队行色匆匆、被导游带着走马观花的中国旅游团，算是数量庞大的中国人群。像我这样在印度深度游的中国人，我在瓦拉纳西没有见到几个。我在印度待了 40 天，所见到的中国人，估计还用不上手脚的全部指头就能数清楚。与此形成巨大差异的是：恒河岸边游荡着的老外里，那些年轻、白皙，穿着时尚而素雅、彼此间神情恭敬而谨慎的亚洲面孔，无一例外的都是韩国人和日本人！

在瓦拉纳西的恒河岸，充斥着他们的身影，仿佛恒河岸就是他们的后花园。

后来当我站立在恒河岸边时，我终于明白，为什么那些人们会如此钟爱这个在中国人印象中有着种种不堪的印度！

说点题外话，印度人分辨不出东亚人的不同，我们自己却能一眼看穿！如果一个中国人站在那里默不作声，可能要费点力气猜测一番。但如果是一群中国人在一起，那种呼朋唤友、声震八方的动静，和即使有上百人在一起也是静悄悄的日本人或韩国人相比，显得高调张扬。

成为"焦点人物"并不是件开心的事情，那个给我让座的年轻人，此刻非常窘迫地从交叉的双腿里伸出头。

他一眼不眨地盯着我看，即使我因为受不了他的目光，尝试着和他对视，以避开他过度好奇的眼神，可是他仍然近乎痴迷地看着我。

面对他无所顾忌的眼光，我从开始的无所适从到安之若素。偶尔眼光和他遇到，我用微笑表示礼貌，他回我桃花般灿烂的笑容，当然他黝黑的肤色看起来怎么也不像桃花。

其他人也好不到哪里去，虽然没有他那么明目张胆，但每一束内容不一的眼光，仿佛探照灯般，把我紧紧围住。

好在他们只是看，并没有肢体骚扰。

不停地有人向我问话，浓烈的印度口音，让我难以弄懂他们的意思。我迷迷糊糊地猜测他们的意图，经常答非所问。不过这对他们来说并不重要，重要的是，他们和我聊天，可以在郁闷、拥挤的车厢里，寻找旅途的乐趣，当然也是我的乐趣，我的回答经常让他们开怀大笑。

最有趣的是，他们集体一本正经地把我的"Thank you"发音改成了"探狗"，看着他们认真期待的表情，我毫不犹豫地把谢谢说成"探狗"。

坐在我左边的年轻男人带着母亲一起乘坐火车，因为他们从始发站出发，获得了行李架上的位置。

对面支架上满满坐了五个人，我们这边只有四个。因为年轻男人为母亲挤出了一块不大的空间，这样可以让母亲比较舒服地坐在那里。即使我将包放在支架上，他仍然寸土不让，只是将身子往前移动一下，丝毫不占母亲的位置。

而我就惨了，左右两边牢牢地靠着两个男人，这让我分外难受。左边的男人让我感觉稍好些，一是因为他年轻，和我身体紧挨着有些羞涩；二是因为他英语口音要纯正些，能帮我翻译一些我听不懂的印地语或英语。

印度曾经是英国殖民地，英语是印度的第二官方语言，大部分的印度人都能说一些简单的英语。我因为刚接触印度英语，一时难以弄明白他们奇怪的发音，再加上我自己也是一口蹩脚的中式英语，这让双方的交流有时像猜谜一样。

这一路上，我就靠这样的中式英语连蒙带猜，过五关斩六将。

还在中国时，我就了解到印度人泡妞的方式，一般是从询问开始。通常他们会问你几个问题：一、你多大了？二、你叫什么名字？三、你来自哪里？四、你结婚没有？

现在每个人都知道我来自中国。

让我没有想到的是我会这么快被问到这类问题。

年轻男人由于帮我充当翻译，又紧挨着我，他自觉和我的关系要比别人亲近许多，当然我没有这样的感觉。

很快，他用非常亲昵的态度问我："你叫什么名字？"

　　我愣了一下，原本放松的警惕性"呼"地冒了出来，我胡乱编了一个名字告诉他，"我叫小芳。"

　　他又问："你多大了？"

　　我毫不犹豫地告诉他："我十八了。"

　　看着他有些怀疑的眼神，我哈哈大笑，我哪里像十八岁的姑娘？

　　我笑着告诉他，我永远只有十八岁。

　　面对我的回答，很多人跟着我笑起来，我告诉他们，在中国，女人是不愿意透露自己的真实年龄的，如果有人问，就告诉他们，自己只有十八岁。

　　听了我的回答，年轻男人有些讪讪地跟着大家笑。

　　他的母亲一直津津有味地看着我，并不说话，看得出她想和我接触，只是因为她是女性，羞于在大庭广众之下像我这样，肆无忌惮地大声说话，夸张地大笑。

　　后来在印度，我发现，很多底层人民的家庭，一家人在外时，妇女一般不怎么说话，多是家里的男人发表意见，这除了和印度妇女的社会地位低下有关系外，还和很多印度底层家庭妇女不会说英文有关。

　　母亲让儿子教我玩游戏。

　　这是一种写在纸上的做题游戏，类似于算术题，每完成一步就可以回答一个问题，进入下一个步骤。

　　我担心遇到陷阱，假装听不懂，不会做，谁让你说全世界最难懂的印度英语？

　　见我不玩游戏，母亲和儿子叽咕几句后，儿子在纸上写着什么。

我好奇地问他，我可以看不？年轻男子微笑着告诉我，他就是写给我看的。

他在纸上写道，我是一个风趣、幽默的老外（如果他知道我心里有多紧张，估计不会这样说了），几乎不能和别人交流，总是要他的帮助，真是一个很可爱的女人，他希望我留下通信地址，可以交朋友。

哈哈，可爱！如果他知道我这个外貌柔弱、貌似善良的中国女人，急了也会干架（后来我在加尔各答对一个印度男人拳打脚踢）、爆粗口（在金奈和一个出租车司机大吵一架），远远不及印度女人对男人的谦卑，恐怕他就不会对我如此温柔有礼，他母亲也不会让他教我玩游戏了，更不会拿出包在黑乎乎报纸里的食物和我分享。

大约凌晨两点，牛也吹完了，话也说尽了，肚子开始叫唤起来，妇人从包里拿出食物和儿子分食。

她拿出一个黑乎乎的塑料袋，露出同样黑乎乎的报纸，打开后，拿出分不清颜色的面食——好像是煎饼之类的分了一半给儿子。

见我好奇地看着他们，母亲示意儿子递一块给我。

面对用脏兮兮的手递过来的油面饼，我胃里直翻涌。勉为其难地拿了一小块，咬了一口，半天咽不下去。

母亲直直地看着我，我不得不装作非常好吃的样子说道："非常美味。"

见我如是说，母亲非常开心，让我再拿一个。

我条件反射般地拒绝了，我可没有勇气再接受第二个。

没有想到的是，我的勉为其难，招来了更大的"灾难"。

不停地有人往我手里递东西，除了煎饼还有饺子（素菜馅的，很多地方的印度人吃素）之类的食品，一律从塑料袋或是报纸里掏出，再用脏兮兮的手递给我。

天啦！对面男孩递给我馍馍的时候，我想起他刚上完厕所。

要知道印度人上厕所不用手纸，用的是手指，他们用左手解决大事，这是真实的。

尽管胃里翻腾涌动，我仍然硬着头皮，和着眼泪吞下了人们递过来的食物。

此刻，这些可爱淳朴的印度人，完全颠覆了我记忆里"印度人"的形象。看来真的有必要重新认识印度了。

居心叵测的"大灰狼"

吃完宵夜，车厢开始沉寂。

因为我的存在带来的那份刺激、开心、喧闹随着人们的疲惫渐渐淡去。闷热的车厢，充斥着印度男人的各种味道——屁臭、脚臭、口臭、腋臭等混合气体的味道。"入鲍鱼之肆，久而不闻其臭"，我已经习惯了这种闷热而臭烘烘的味道。我不得不忍受这样的气味，并像这些印度男人一样昏昏欲睡。

和他们不同的是，我非常窘迫地抱着我的巨大背包。我这个背包让这些印度人费了不少口舌。有人好心建议我，把背包放在下面的座位底下；有人坚决制止我，并毫不顾忌地告诉我说，要提防小偷。

坐在我右边的男人，就属于力挺把包留在身边的一派。我把背包牢牢地抱在怀里，整整五个小时，我保持着这样的姿势，坐在狭窄的支架上，全身肌肉酸痛，四肢麻木。好在右边的男人一直尽他的努力给我让出些地方，让我不至于那么难受。

我左边的年轻男人要给母亲挤出足够的地盘，所以他寸"座"不让。倒是我右边的男人一直对我关怀备至，他甚至允许我把背包放在支架上，占了一个人的位置，这让我轻松了很多。他半个身子几乎掉在了支架外面。在异国他乡，在这么窘迫的环境里有陌生男人的殷勤照顾，我那颗原本充满恐惧和担心的"弱小"心脏，此刻有了满满的感动。

年轻男人进入了梦乡，他非常舒服地把头靠在我肩头，轻轻地打起了呼噜。

其实我何曾不想像他一样，那么放肆、无拘无束地，把头靠在某人身上，进入甜甜的梦乡。可是我不能，我还没有开放到可以和陌生男人抵头而眠的程度。

右边男人看上去年长一些，在大家进入睡眠状态后，还低声和我交谈。我已经困得哈欠一个接一个地打着。见我这样，他从荷包里掏出一个小塑料包，打开后倒出一些片剂状的东西，让我吃。我担心他给我的是毒品之类的东西，摇头拒绝了。

男人并不勉强我，丢了几片在嘴里，闭着嘴巴咀嚼起来。有几个没有睡着的男人从他手里拿了几片也无声地咀嚼着，有些人见我好奇的神色，咧着嘴巴朝我微笑，牙齿上露出暗红色的颜色。后来我才知道他们嚼的是槟榔。

印度人对槟榔的热爱程度，如同男人对吸烟的执着。除了这种加工好的片剂，他们更愿意选择那种用叶子包裹的，放了薄荷等香料的槟榔。满满地放在嘴里咀嚼大约十多分钟后，再将一大口口水和槟榔的混合物吐掉。所以，在印度，你会经常看到男人们朝地上吐出红色的口水，让人觉得恶心。

后来我发现，即使他们吃片剂的槟榔也会吐出一大口口水。如果某人正在嚼这种东西，碰巧你问路，他会带着满口槟榔口水热情洋溢地和你说话，既不吐掉也不咽下，我估计是因为口里的槟榔还有余味，舍不得吐掉。

在印度，我经常遇到这样的热心人，他们嚼着槟榔，含着口水，含糊不清地给我指路。我总是担心他们的嘴巴兜不住那种暗红色的液体，喷到我身上。

我没有接受误以为是毒品的槟榔，看他们嚼得无趣，靠着我的大包，迷迷糊糊地睡去。

我并不介意年轻男子把头靠在我肩上，在如此狭小的空间待着原本就是一件非常痛苦的事情，长时间保持一种姿势纹丝不动，需要很大的毅力。此时上厕所都是一件非常奢侈的事情，人太多，很难挤过去。

我不停地调换姿势，试图使我麻木的四肢能舒服点。

我右边的中年男人像大哥哥一样，非常包容地配合着我在支架上动来动去。最后他建议我把背包放在支架上，这让我舒服了不少，终于可以靠着背包轻松一下。

可是没有多久，大哥哥变成了"大灰狼"。

准确地说，变成了色狼！

在我迷迷糊糊进入梦乡时，我感觉有人在触碰我右边肋骨处的胸部外侧。我以为是拥挤的缘故，往里靠了靠继续做我的好梦。可是没多久一种很明显的触摸让我完全清醒过来，我转头看了看中年男人，他眯着眼睛装睡，头靠在我的大包上。我没有作声，心里想：如果这个男人再吃我的"豆腐"，我一定要采取行动。

我不知道我会采取什么行动，初来乍到，人生地不熟的，我还不知道印度男人们对"吃豆腐"的看法，我害怕引发群体事件。

正闭眼考虑，男人的手肘又往我身上蹭来。

我平静地看着他问道："你感觉很好吗？"

"大灰狼"假装无辜地说："我不知道你说什么？"

我仍然很平静，语气温和："你摸我，感觉是不是很舒服？"

"大灰狼"避开我的眼睛，看着别处，不回答问题。

我也没有再追问了，在这样的环境，没有摸清别人的秉性前，有些时候要懂得息事宁人，得饶人处且饶人。

好在，中年男人在被我询问后，不再有进一步的行动，我们相安无事，直到我抵达目的地。

这是在印度我第一次被"吃豆腐"。比起后来被印度男人"吃豆腐"的事情来，这次真的不算什么。在离开印度时，被一个男人偷袭，我杀他的心都有了，当然那是后话了。

在印度坐火车是要冒风险的。什么风险？除了被"吃豆腐"，担心小偷，还怕错过站。

没有播音员播报站名，只能自己估计或是下火车问人，我的目的地是瓦拉纳西。

有人热心地提醒我下一站就到了，有人很坚决地否认，"不，还有一站"。

如同争论我的背包放在哪里一样，究竟下一站是不是瓦拉纳西，他们一样分成了两派，很认真地讨论起来。

为难之中，我选择了下一站下车去看看，如果不对，可以问人。离开拥挤不堪的车厢，对那些关照的笑脸道过无数"探狗"之后，我终于再次踏上印度坚实的土地。

凉爽的微风夹杂着淡淡的骚臭味迎面扑来，无数等车的旅者在昏黄的路灯下，晃动着影影绰绰的身影。地上横七竖八地躺满了人。当我确定这是瓦拉纳西车站后，我决定停下来等秀逗。

没多久，失踪一晚的秀逗和一个瘦高个的印度男人，不慌不忙地朝我走来。此男人并不是带他上车的那位！

秀逗一脸的淡定，看上去她和身边的印度男人很熟悉。男人帮我叫了去恒河边的"突突车"（类似我们的"三轮摩的"，不过比"三轮摩的"舒服多了），帮我讲好价，200 卢比。这比刚才围着我乱喊价的司机要的价格低了很多，他们要价 500 卢比。

坐上"突突车"，挥挥手和秀逗告别，心里没有一丝丝遗憾。我知道今生我们不会再见，也不会再联系，相处了几天，并没有留下彼此的联系方式。以前在国外，也遇到一些聊得投机的朋友，都会互相留下联系方式，但真正联系的甚少。这次干脆彼此都不留，免了那些虚伪的客套。我和秀逗都非常清楚，我们彼此都不是对方喜欢的类型，这一路相伴之情记在心里就行！有些人注定只是生命的过客。

要命的印度城市，黑魆魆一片。

第3章

恒河！恒河！

Chapter 3

　　离开穷逗后，我再也没见过她，尽管她说她会在恒河边停留半个月，尽管我在恒河边特别留意，还是没有见到这个天不怕地不怕的韩国女人。在这里，我怀着感恩之心谢谢穷逗，如果不是她，我真不知道我会在蓝毗尼待多长时间，因为进入印度，对很多人来说，边境是个很难过去的"坎"，充满威胁。谢谢穷逗，带给我的一路精彩！

恒河边的苦行僧

"突突车"司机带着我一路狂奔。印度人在"节约能源"方面做得非常到位，一些城市，夜晚路灯极少，哪里都是黑魆魆的，其实这和他们能源匮乏有关。

我不停地询问还有多久才到，并将路途特征牢牢记在心里。司机一边加大油门一边回答我："快了，快了。"

此时此刻，我不由得暗暗心惊，如果司机要对我图谋不轨，那才是叫天天不应，叫地地不灵。我开始白痴似的后悔起来：为什么不等天亮了再走？

好在没过多久，开始看见远处的灯光。暗夜里，不知何处汇聚了成群结队的人流，都朝着一个方向无声地移动。

有些人提着大大的包裹，没有像我想的那样顶在头顶。在离恒河岸边还有几百米远的地方，我们的"突突车"被禁止通行，在交了10卢比之后得以继续前进，几百米的距离，我们向设岗的武装警察，交了三次10卢比才到达岸边。他们全身武装，似乎这里的治安并不好。警察们明目张胆地敲诈，管你是不是老外，这让我有些吃惊。前几年在尼泊尔被几个海关人员敲诈了2000卢比，理由是我们买了太多的唐卡，要我们出示税单，我们哪里有什么税单？后来我问了几个和我乘同一班飞机的中国人，大家都或多或少的被敲诈。要命的是：他们只敲诈中国人，并把中国人出海关的区域和其他国家的人分开。当时，我真有一种"优待俘虏"的感觉。大家虽然气愤，但谁都没有去争取权利，都抱着多一事不如少一事的心理，谁都不去抗争。

和漆黑的城市不同，恒河岸边灯火通明。

恒河给我的感受，就像这章的标题。除了两个惊叹号，我形容不出更多。

印度教有三大主神：梵天、毗湿奴、湿婆。

瓦拉纳西是湿婆的领地。湿婆集光明与黑暗于一体，他不仅拥有毁灭世界的可怕能力，同时也象征着生殖与创造。因此恒河也被视为天堂的入口，在这里可以洗涤今生的罪恶，以获得来生有个美好的轮回。

一千多年前，一个伟大的中国僧人玄奘历尽艰辛来到印度。那时，佛教已经开始没落，恒河岸边充斥着修行的异教徒。玄奘看到的是：站在恒河里的木桩上，一眼不眨盯着太阳几个时辰的修行者；为了克制肉身的欲望残忍自虐的修行者……

他们如今安在？迎接我的会是什么样的恒河？

随着人流，沿着一级一级的台阶，走到恒河边。

昏暗的灯光下，一些男人女人在河里扑腾着，弄出很大的响声。

看了一会儿，觉得无趣。心里有些微的失望，不远万里来到这里，想看的不仅仅是印度人洗澡……

一晚没睡，困顿不堪，只想找个地方美美地睡上一觉。

河岸边的小巷里，有很多不知名的旅馆。可是无论我怎么敲门，都没有人为我打开一扇大门，让我舒舒服服地睡个痛快。

满街的牛粪，任我怎么小心，还是沾了满脚。那些东一头西一头、堵住小巷的"神牛"们，骄傲地睨视着我这个从它们身边小心翼翼躲过的人。

被印度人惯坏了的神牛，平时还好，脾气来时，想睡哪就睡哪，看谁不顺眼，想顶谁就顶谁，在印度每年被牛角顶伤的

恒河岸边守候黎明的人们

大有人在。

　　终于，离河岸很近的"久美子之家"为我打开了大门，让我在客厅里可以有一张凳子坐下休息。

　　"久美子"听上去就是一个日本女人的名字。我面前的久美子，有着一张团团的小脸儿，带着睡意的脸上，有了进入老年的松弛。很多年前，那个年轻貌美的久美子，来到恒河边，遇到同样俊美的印度男人，便决定永远留下来。在恒河岸边夫妻俩开了这家名为"久美子之家"的旅馆，声名远播，成为很多日本人来恒河边的必住之地。

　　"久美子之家"现在没有客房，要九点以后才有房间。服务生问我是否愿意等，我选择了等待。这个时候除了坐在这里等待，我还能去哪里？可是现在六点不到，天还没有亮，我已经困得不行，两眼几乎要合在一起。

我呆呆地看着久美子和她的印度老公，从久美子松弛的圆脸庞和她的印度老公轮廓分明的五官上，可以看出两人年轻时定是一对俏人儿。两人有一句无一句地说话，并不理我。

天色有了灰蒙蒙的白。

就在我祈求时间快点过去，可以腾出个房间，让我疲惫的身体在床铺上美美地睡上一觉时，有个洪亮的男性声音，破空进入我的耳膜。

那是梵歌吟唱。

浑厚的男音，拖着长长的尾音，抑扬顿挫，高低起伏，通过大喇叭就这样一声声冲进我心房，我的大脑瞬间"轰"地炸开，注满鸡血。

背着大包，我跌跌撞撞地冲到了恒河边。

黎明的恒河，哪里还是我刚看到的样子。她慵懒地向我撩开朦胧的面纱，露出迷人的笑容。

我呆呆地站在那里，内心充满了巨大的震撼。

我想哭，可是哭不出来；想笑，可是一个笑容都挤不出来。

太多不可思议的事情，即使我有十只眼睛都看不过来，我只能抓住眼前，专注地，目不转睛地，甚至可以说是不要脸地看着。

因为我看的是，几个裸体男人洗澡。

男人洗澡有什么好看的？当然有，我看的是僧侣在恒河岸边洗澡。

几个浑身涂满肥皂的男人，坦然地裸露着身体，如果不是他们头上卷着的长发，我几乎要认为他们就是普通的印度男人。

恒河中沐浴的
僧侣

　　旭日的光辉，给这些黑亮的身体镀上一层光亮，看上去健康、充满活力。顾长的身体，匀称的四肢，动静之间满是美感！在他们身旁，几个沐浴完的女人，不紧不慢地穿着纱丽，彼此之间没有谁多看谁一眼，一切都那么自然、和谐！

　　我就这样第一次看见了在我心里充满神秘的苦行僧！

　　"巴巴"是印度人对苦行僧的尊称。

　　恒河边，我第一次见到的巴巴，是赤裸着身体沐浴的巴巴。正当我愣愣地看着时，有人轻拍我的肩膀。

　　窥视异性洗澡，本就醒龊，被人发现，更加无地自容。我窘迫地转过头，试图找个借口掩饰我的不安和尴尬，映入眼帘的人却让我眼前一亮！

　　这是一个穿着花里胡哨的苦行僧。

　　一个穿戴整齐的修行者，一身的橙黄让他看上去鲜艳无比，脖子上挂着红白相间的大花环，头上的长发拧成了一股股细细的辫子（我后来知道，这样的辫子要花费几个小时才能弄出来），右手的小指和无名指上戴着金晃晃的戒指。

　　见我听不懂他说什么，他干脆指指我的相机，摆出漂亮的Pose（姿势）让我拍照。神情认真。

　　我担心他找我要钱，紧张地看着他，心里思量：该给多少？

　　可是人家并不找我要钱，人家要的是照片。

　　他拿出一张保存完好的纸片，让我把上面的 Email 记下来。不知谁给他写的这个邮件地址，错得离谱。

　　看着他热切的样子，我不忍心告诉他地址错误，何况也无法和他沟通。他不懂英文，我装模作样地记下了这个永远也无

打扮花哨的
苦行僧

法使用的邮箱地址，在他殷勤的目光里，我频频点头示意。

后来我才发现，我初到恒河第一天看到的这位漂亮的苦行僧，应该是我在印度看到的最讲究、最干净的苦行僧。

在恒河边的几天，我花了很多时间和这些苦行僧待在一起。

说句题外话。

后来，当我回到旅馆时，并没有在"久美子之家"住下。她要我 700 卢比一天，而旁边的旅馆只要 400 卢比。

我不顾失信的危险，在服务生不满的眼光里，满怀歉意地住进了另一家私人旅馆。毕竟当我初到恒河，在深夜，在一个人生地不熟的地方，是"久美子之家"为我打开了大门。

每天天尚未亮，恒河边，唱念经书的梵歌都会准时响起！也吵醒了河岸边修行的僧侣。

恒河边有许多河坛，被当地人称为 Ghat。

我待的这个河坛叫达萨瓦梅朵河坛（Dasashwamedh Ghat）是恒河边最大、最热闹的地方，也是修行者最集中的地方。这里是大梵天神执行十马祭祀的地方，具有神圣的宗教地位。

和巴巴们相处是一件非常有趣的事情。

河岸边的巴巴们，除了裹着鲜艳的橙黄布料的巴巴，更多的是从脸上到脚丫全身抹了白粉的巴巴。赤裸的巴巴们，神情坦然、懒懒散散地待在他们用来栖身的敞开式布篷里，或坐或卧，自由自在！赤裸的巴巴如果要走出布篷，多会在腰间围一块白色布料。也有什么也不围的，大摇大摆地在岸边走来走去。当地人见怪不怪，惊乍的倒是我们这些外来的旅者。

年轻的巴巴，多在布篷里待不住，在征得师父同意后，在腰间随便围一块布，赤着精壮的身体，欢天喜地玩去了。

　　年长的巴巴大多待在自己的布篷里，除了接受印度人的朝拜，巴巴们也会彼此串门，吹牛聊天。

　　声望高的巴巴，布篷里往往挤满了人。

　　当我行走在巴巴们的居住区，每天旭日东升时，都会看到一个赤裸着全身、涂了白粉的巴巴，面朝朝阳纹丝不动地打坐。熙熙攘攘的人流丝毫不能打扰他的修行，那满是白粉的脸上充满宁静，我肃穆地站在他的面前，似乎感觉到他此刻正和他的神明在一起。

　　和独自沉浸在自己修行世界里的巴巴不同，和他挨着的另一位巴巴的布篷则显得门庭若市。

　　许多印度人虔诚地对他合十敬礼，任他用脏兮兮的右手在他们额头上涂抹，有的信徒俯身亲吻巴巴的脚。

　　从这些印度人的神态可以看出，这是一位很有道行的苦行僧。

人们在行完礼后并不离去，他们整齐、宁静、谦卑地端坐在肮脏不堪的布篷里，等待巴巴给予的智慧箴言。

面对这些人的毕恭毕敬，巴巴则显得很随意。他一边给向他行礼的男男女女的头上抹灰，一边煮着一种当地人称为"茶"（Chai）的东西给大家喝。有的信徒在行礼后供奉上不多的卢比，他也毫不在意。

见我在旁边拍照，他也倒了一杯茶递给我，并邀请我进他的布篷。

我哪里敢喝他的茶！

我亲眼看见吃喝拉撒都在恒河边的巴巴们从河里舀水煮东西吃。更何况这个巴巴居住的地方，就在两个焚尸河坛的中间，没有烧完的尸体，直接被扔进恒河里，昨天我还亲眼看到几具尸体在河坛上烧得嗞嗞作响。

我没有勇气喝下那杯恒河水煮的茶，只能离开。

在当地人看来，拒绝了巴巴的好意，是大不敬。我没有被责怪，估计是因为我是老外，但我从巴巴的眼里看出了不快。

只是我没有想到，最终我还是喝下了这种恒河茶。

我不得不喝下了用恒河水煮出来的茶

恒河边的巴巴们很有趣，他们在修行的同时，并不排斥别人的干扰，甚至还很热情地招呼过往的游人进去和他们聊天。

门庭若市，对他们来说意味着一种荣耀。

有的巴巴会将别人为他们拍的照片放在显眼的位置，有的照片是和某个显要人物的合影。

但也有的巴巴不乐意和人相处，通常那些布篷门口摆了生殖器形状雕塑的巴巴们，则不欢迎陌生人打扰他们。

根据教派的不同，这些苦行僧供奉的东西也不一样。

有些巴巴供奉着湿婆神的图片，有些供奉着神祇的生殖器，有的供奉着五谷……

印度人的信仰包罗万象，可以用五花八门来形容！

据我所知，12.1 亿印度人（2011 年），约 80.5% 的人口信仰印度教。

约公元前 2000 年，雅利安人入侵印度，形成种姓制度，公元前 7 世纪左右形成婆罗门教。后来婆罗门教又吸收佛教、耆那教的某些教义和一些民间信仰，形成今日的印度教。

印度教教徒不仅膜拜诸神、英雄和鬼神，自然界的万事万物都是他们膜拜的对象！并因为信仰神祇的不同，生出许多不同的支派。要知道印度教里有大大小小 300 多万个神祇！作为外人，我们分不清他们信仰的不同，总之他们信仰的是印度教就是了！

除了印度教，伊斯兰教和基督教在印度也是教徒众多的宗教！耆那教是印度的本土宗教，据说教徒几乎都是印度富有阶级，不惜用黄金打造供奉的神祇！

锡克教教徒姓名前多冠名辛格（Singh），外观打扮与印度教教徒有明显不同，男性一律蓄发蓄胡，头上系有特定样式的头巾，手上戴着一只铁制手镯（象征不可违背的教义），以前还佩带腰刀、穿短衣短裤（区别于穿长衣长裤的印度教教徒）。

各种各样的宗教在印度形成自己的特色，互相包容，却都神圣不可侵犯！反而是佛教，印度虽然是佛教发源地，但如今佛教信徒甚少。从曾经的盛极一时到如今的衰败，所谓适者生存莫过于此！

恒河是印度人心目中的圣河，对于印度教教徒而言，一生中至少要有一次在恒河中沐浴的经历。如果死后能在河坛上火葬并将骨灰撒入恒河，其灵魂就可以得到解脱，得以轮回转世！因为恒河的神圣地位，吸引了大量不同门派的苦行僧在此修行！

不同门派的苦行僧聚集在恒河岸边，各自修行，无意中形成一道亮丽的风景线。

修行的巴巴，若以所信奉对象的不同划分，可以分为信奉毗湿奴神的"毗湿奴苦行僧"和信奉湿婆神的"湿婆苦行僧"，这是其中最主要的两支。梵天大神虽然创造了世界，但因为他之后不再管世间疾苦，信徒甚少。从这点来看，印度人是典型的务实主义者。

若按衣着分，苦行僧又可分为青衣派和天衣派。青衣派身上总是涂抹着炭灰，甚至是死人的骨灰，表示罪孽、死亡和再生，他们多信奉毗湿奴神，穿着黄色棉布服。

天衣派则与崇拜湿婆神有关，总是裸着身体，最多用一条窄窄的布条遮住下身，表示追求原始状态，与世无争。

不管什么门派的苦行僧，每年三月湿婆生日时，都会云集在恒河岸边庆贺。平时他们是不来瓦拉纳西的恒河边的，今年因为阿拉巴哈德十二年一次大壶节的原因，来恒河边的苦行僧比平时多了数倍，苦行僧居住的帐篷沿着恒河岸边远远地铺开来，五颜六色，甚是壮观。

因为湿婆抽大麻的原因，信奉湿婆神的苦行僧也会抽大麻，据说这是和神灵沟通的方式，以此增加修行的道行！也因此苦行僧抽大麻是合法的。我在恒河边无数次看见裸体的苦行僧抽大麻，原来和他们的教义有关！而突破我心理承受极限的是：巴巴们居然邀请我抽大麻。

在我拒绝巴巴的茶后，只能在他不友好的目光下离开。不想这一离开后，不仅进了另一位巴巴的布篷，还勉为其难地喝下了恒河茶。

这一切都因为我的好奇心。

我被苦行僧的生活方式深深地吸引着，尽管不被欢迎，仍然舍不得离去，终日在他们的布篷附近东游西荡，探究那看不完的稀奇古怪。

终于有位巴巴招呼我过去，要给我额头抹灰。我知道那是什么东西，除了木炭，极有可能是死人的骨灰。

可是不抹你就得离开，何况一位当地人这样对我说，接受抹灰是接受祝福。

我嫌脏，却不排斥好运。

来来往往的人群里，很多当地人额头上或深或浅地抹着白灰，满脸骄傲，原来他们受到了巴巴的祝福，这些人相信通灵巴巴的赐福能给他们带来好运。

要给我抹灰的巴巴一样赤裸着身体，身后一位看上去地位比他低的苦行僧伺候着他，抹完灰后他邀请我进入他的布篷就座。

布篷里有两床脏得看不出颜色的薄毯，几张同样没有颜色的布垫随意放着。还没等我屁股落座，巴巴已经给我倒了满满一杯茶。

这是一个比酒杯大不了多少的塑料杯，从它脏兮兮的外表上看得出被多次使用。我的神啊！我真不想喝这杯茶，可是我更不想被赶出去。

勉为其难地在嘴皮上碰了一下，又赶紧低头把嘴唇擦干净。

巴巴在和别人说完话之后，回头见我的杯子纹丝未动，抬抬手示意我喝。布篷里所有的人都盯着我——除了巴巴还有他的徒弟和一位当地人。我知道无论我今天是否要离开，我都必须喝下这杯充满恒河特色的茶。

狠狠心，抿了一小口，巴巴仍嫌不够，示意我再喝。

"管他呢，豁出去了，鞋都湿了，哪里还在乎全身！"一仰头，将一小杯茶用最快的速度吞进肚子。

巴巴笑了，他一边笑一边问："你感觉如何？"

估计他问的是茶，我连忙回答："非常好喝。"

巴巴一边和我说话，一边把锅里剩余的茶倒进我的杯子。徒弟拿了内外同样黑漆漆的锅向外走去，我眼睛盯着他拿锅的背影，心里默默祈祷：神啊！出点例外吧，我喝的茶不是来自恒河。

可是，我的侥幸心理被打击得碎了一地，我亲眼看见他从恒河里舀水。

巴巴非常坦然地煮茶，往里面加一些说不上名字的香料、茶叶、一丁点儿的牛奶和大量的糖。其实，如果不是胃里不停地翻涌，这个东西的滋味还是不错的。后来离开恒河，我也学着当地人喝这种大街小巷都能买到的茶。杯子不大，可是非常便宜，10 卢比就能买到，约合人民币一元多点。

巴巴一边煮茶一边和我聊天。

我发现，即使是巴巴，聊天模式也和其他印度人一模一样。

巴巴问我："你从哪里来？"

我说："中国。"

听说我来自中国，巴巴对我的好奇心似乎和我对他的好奇心一样旺盛了。

他问道："中国？你在中国的哪里？上海？成都？广州？北京？"

巴巴一口气说了几个城市，但是当我告诉他我的家乡时，巴巴摇摇头，他不知道。

原来印度人眼里的中国就只有这几个城市，后来认识我的印度人都会问我是不是从这几个城市来的。大部分来中国工作的印度人，也多在这几个城市，因此他们带回印度的信息也只有这些。印度人对中国的看法随着中国的强大，已经大为改观——除了好奇，多了很多羡慕。很多受过教育的印度人不再盲目地认为印度比中国强大，这和很多年前，我们始终坚信中国比印度强大是一个道理。一些印度人认为：虽然印度经济在增长，但是速度太慢，要赶上中国恐怕得有几十年甚至上百年的时间。有些人甚至认为，赶上中国得有飞一般的速度，何况中国还在不停地发展，估计用飞一样的速度也赶不上了。

关于中国，巴巴好奇地对我问东问西，终于问完了，他对中国所知甚少，能问的无非就是这几个城市，巴巴的关注点又回到我身上。

巴巴问我："你多大了？"

我随意编了个年龄。反正印度人比较显老，我说年轻几岁，他也不知道。

巴巴又问："你叫什么名字？"

我当然还是叫小芳。

在火车上我就决定，我在印度的名字就叫小芳。出门在外，谁在乎你叫什么名字，这一路上认识的人，谁会将你的名字永远记在心里？这一路的风景再怎么精彩，记忆终将淡去，珍贵的是这一路曾经相伴的人和事，有些往事的记忆随着时间的沉淀越发清晰。

面对巴巴的询问，我有些明白印度人打招呼的方式。后来行走印度，遇到其他印度人，果然证实了我的想法。

印度人打交道，是从了解彼此的家庭、年龄、职业这种最基本的隐私开始。

在这个人口总数排世界第二的国度，大部分城市拥挤而嘈杂，人的私密空间非常狭窄。我们认为是隐私的事情，对于他们来说是和人交往最基本的开始，似乎双方交代清楚了，明白对方的底细后，才能更深一步地交往。我相信，很多印度人一定非常清楚自己朋友的家庭生活状态。这与我们有的人和朋友交往了很多年，还不知道别人家住哪里有明显的不同。

想象一下两个印度人交往的模式。两个有心交往的印度人，彼此握着对方的右手，热情洋溢地开始问话。

甲："你家是哪里的？"

乙："我家住在瓦拉纳西。"

甲："你多大了？结婚没有？家里有几个兄弟姐妹？他们结婚没有？"

乙："我十八岁了，没结婚呢。家里有五个兄弟姐妹，大哥结婚了，姐姐还没有出嫁，家里太穷，拿不出像样的嫁妆，我排行第三，还没有结婚，下面有两个妹妹。你呢？"

好了，乙回答完后，一定会把同样的问题问一遍甲。

不要觉得奇怪，这就是印度，独自行走印度，被无数的印度人问了无数同样的问题。印度人的好奇心非常强烈，即使我走在路上，经常会遇到陌生的印度人向我求证我来自哪里，开始我还耐心地回答，后来就懒得理了。

我和巴巴有一搭没一搭地聊天。

这个巴巴是湿婆的信徒，赤裸的全身涂满了白粉。

一个年轻的东方女人和一个赤裸的巴巴坐在布篷里，估计这看上去十分怪异，不停地有人对我们拍照，巴巴像没有看见一般，一边和我说话一边卷烟草。我对朝我拍照的老外招手示意她进来，她像躲避瘟疫一般，带着嫌弃的表情，慌忙离开了。原来在行走中深入生活、融入当地文化，不是每个人都有勇气可以做到的。

在离开前，我掏出少许的卢比给他。不知道是嫌少还是别的什么原因，他坚持不要，直到我一再表示这是我的心意，他才任由我放到他面前的锡盘里。倒是布篷里的那个当地人，一再怂恿我拿 500 卢比。我在想，如果我拿了，会不会待我转身，他就找巴巴把钱要过去。

离开巴巴的布篷，迎面有穿着周正的巴巴从我身边急行而过，这也是修行的一种方式。

有些苦行僧的布篷前供奉着像石磨般的雕塑，那是神祇生殖器的象征。由于湿婆神具有创生和毁灭的能力，所以湿婆神的教徒都会供奉一具"林伽"（Lingam），这象征着湿婆神的生殖器。此外，戴维女神象征着大地之母，是印度所有女神的化身，具有创生和毁灭的能力，是母性和性力象征。印度教教徒相信湿婆神和戴维女神结合是人类创生的原动力，所以在印度的寺庙中可以看到象征男性生殖器的"林伽"，置于象征女性生殖器的"雅尼"（Yoni）之中。

印度是一个民风保守的国家，电影里连接吻的镜头都不能有，但是在市集上却随处可以买到"林伽"和"雅尼"的铜器，真是非常有意思。

虽然我在恒河边没有看到残忍怪异的修行方式，但我想修行里面一定有许多不为人知的秘密。

这天晚上，我漫步于恒河边，看见一老一少苦行僧面对月亮而坐，两人披着毯子抵挡铺天盖地的蚊子。

见我路过，年轻的巴巴邀我过去聊天。小巴巴话很多，连说带笑充满活力。年纪大些的巴巴则笑嘻嘻地听我们说话，从他一言不发的神态上，我感觉他不会说英语。

小巴巴年轻力壮，二十出头的样子，如果他不是穿着行者的服饰，这分明是一个分泌着强烈男性荷尔蒙的年轻帅小伙，有着咄咄逼人的气息。我有些明白为什么有些苦行僧为了让自己获得修行效果会残忍地对待自己了，他们是用残忍的方式达到灵性的升华。

小巴巴跟我说今天晚上他会对着月亮打坐。我问他为什么能坚持下去，他说湿婆是他的神，他的一生都献给了湿婆。从小巴巴的穿着上看，他和那些在恒河边修行的巴巴明显不是一个派别，他们在这里没有可以栖身的布篷，很快他们会再次四处游走，没有固定的地方，不过他的话语里充满对恒河边其他

巴巴的蔑视，也许不同的派别都会有这种现象吧。

夜深了，恒河岸边的行人越来越少，我和巴巴的聊天，吸引了几个当地人观看，均是男性，为了安全我在小巴巴依依不舍的目光里离去。

想起他那迫人的气息，我知道他的修炼会是一个痛苦的过程。不过这是我的想法，不是他们的。

恒河骗子——你的神在天上看着你

清晨的恒河是最美的。

河面上弥漫着薄薄的轻雾，彤红的太阳冉冉升起，河上有小舟缓缓滑过，显得宁静而神圣！

河岸边的印度教教徒，忙着沐浴、打坐、练瑜伽、冥想，一片虔诚。每天黎明，恒河边大大小小的河坛上，最热闹的要属达萨瓦梅朵河坛。

达萨瓦梅朵河坛是每天夜祭的地方。

传说古代瓦拉纳西的统治者拉杰曾把当地的印度教神明驱逐出境，湿婆神一气之下派遣梵天来惩治拉杰。梵天要求拉杰献祭 27 种不同的祭品，结果拉杰不仅做到了，还多出了 10 种祭品。据说，当时梵天就是在这个河坛上接受祭品的。从那时起，历经几百年的时间，这场庄重而神圣的祭祀仪式便延续至今。每天晚上，河坛上灯火通明，祭祀者们或手拿燃烧的灯塔，或拿着羽毛和着扣人心弦的梵歌舞动。观者如潮，同样地庄严而虔诚！

来恒河边除了看印度人洗澡，更有看不完的稀奇古怪。我的英国朋友 Ken，曾经花费 30 多天坐在恒河边，什么都不做，就看这些看不完的稀奇古怪！

清晨，游走的小贩抬着簸箕，兜售花环、蜡烛。虔诚的教徒将蜡烛点亮，放在纸盘上，撒上鲜花，轻放进圣河里，双手合十，祈求自己的心愿。

日出时分，会有祭司端出一个燃烧的火盆，面对恒河做一套祈祷的仪式，之后便将火盆放在岸边的木台上，这是每晚夜祭的地方。众多的印度教教徒蜂拥而上，一边祈祷，一边用手触摸火焰，然后再碰触额头。据说，火焰是教徒和神明沟通的渠道，有什么心愿可以通过火焰告知神明，以获得保佑。

我非常好奇地挤进祈祷的人群里，学着他们触摸火焰和祈祷。但心里什么也没想，纯属好奇，我不是印度教教徒，不知印度的神明会不会保佑我。虽然触摸火焰的人很多，但大家非常礼让。

火热的
达萨瓦梅朵
河坛

有几个男人坐在小凳上，面前的竹篮里放着给人点红点的朱砂。在印度的习俗里，额头上点朱砂曾经是用来区别女性已婚和未婚的标志，同时也代表祈福。后来逐渐演变成不管男女老幼均可点朱砂，代表吉祥和祈福，当然寡妇是不能点的。昨晚，看夜祭时，有个慈祥的老头，笑呵呵地在我额头上点了朱砂，然后低头合十念着什么，虽然我听不懂他念叨的是什么，但从周围人和善的笑容里，我知道我获得了祝福。都怪我贪心，看到有人点朱砂，又想获得祝福，全然忘记了恒河边多骗子。

给我点朱砂的男人，并没有给我祝福，点完之后，他伸手找我要钱。要就要吧，我估计 10 卢比够了吧。不过是在额头上轻轻地点了一下。可是我想错了，人家要的是 200 卢比。

200 卢比？我以为听错了，跳了起来。

男人说："是的，小姐，200 卢比。"

我拿出 10 卢比给他，气愤地说："10 卢比，你要不要？"

男人一脸的委屈，说："不，小姐，你看，大家都是这样给的。"

大家？哪里还有其他人点朱砂？除了我这个明明知道恒河边有点朱砂骗钱的白痴！经历了昨夜的友好，就以为天上掉的一定是馅饼，我忘了也许是陷阱呢！

几个当地人同情地看着我，但没有人过来帮我说话。

我气愤地伸手抹掉额头上的朱砂，怕抹不干净，又吐了口水在手上使劲地抹额头，整个额头被我抹得火辣辣的痛。

我递给他 10 卢比，说："你要不要？"

男人摇摇头，说："200 卢比。"

200 卢比？去你的？我在心里恶狠狠地骂着这个骗子。

不过，我可没有胆量骂出来，不熟悉行情，还是小心为妙。

好！你可以骗我，那等着我以牙还牙。

见他坚持，我不再和他争执，我露出一脸假笑，使诈嘛，谁不会。

我说道："我不明白你为什么找我要钱？"

男人指指我的额头，表情有些尴尬。

我也指指我的额头，不过我笑了："这里？ 200卢比，为什么？你看清楚了，我这里什么也没有，你这个骗子，湿婆神在天上看着你。"我在说出湿婆神的时候，脸上没了笑容，语气有些恶狠狠。

听我这样说，男人不再说话，阴沉着脸，我丢下100卢比快速离开了。之所以给他100卢比是因为我想，骗子们花这么大的功夫在这里行骗，这是他们的一种生活方式，虽然我戳穿了他的骗局，但总得让他有口饭吃吧，算我积德。这样想着原本郁闷的心情，轻松了不少。

恒河边还有另一种骗子——专门握手的骗子。

恒河边的
骗子

如果有陌生男人热情洋溢地和你打招呼，要和你握手，千万不要伸出手去，他不从你手里搞点钱走，你不要想从他手里挣脱出来，遇到这种人，躲开就是。

恒河"焚尸"

清晨的达萨瓦梅朵河坛充斥着千奇百怪的事情。

洗澡的男女、祈祷的凡人、悠闲的神牛、和善的流浪狗、祭祀的人群、看热闹的游人、叫卖祭祀用品的小贩……使整个恒河岸边活生生变成了一个充满印度特色、鱼龙混杂的地方。

几十个男人裸露着上身，席地而坐，面前的芭蕉叶上放着类似面粉的东西，男人们双手合十，跟着祭司祈祷，为了他们今生的幸福和来世的轮回。祈祷仪式结束，男人们便将面前的面粉样的东西揉成一个个小小的圆球，有时他们身边的女人也会帮着揉，只能用右手揉，揉好的小球放进恒河里，这时男人们又双手合十，低首祈福！

在恒河岸边经常会见到一些光头男女，有时还会见到剃头师傅给人剃光头。剃头刀似乎不是很锋利，需要用力，因此头皮经常会刮伤，渗出些血珠。男人剃光头是因为家里有亲人过世，女人剃光头是因为她们相信霉运和疾病会随着头发离开她们的身体，从而变得健康和幸运。剃掉的头发直接丢进恒河里，估计是太轻的缘故，有些头发并不顺水飘走，被浪花带到岸边，一缕缕地钩挂着河里的脏东西，让人心里感觉怪怪的，很是别扭。

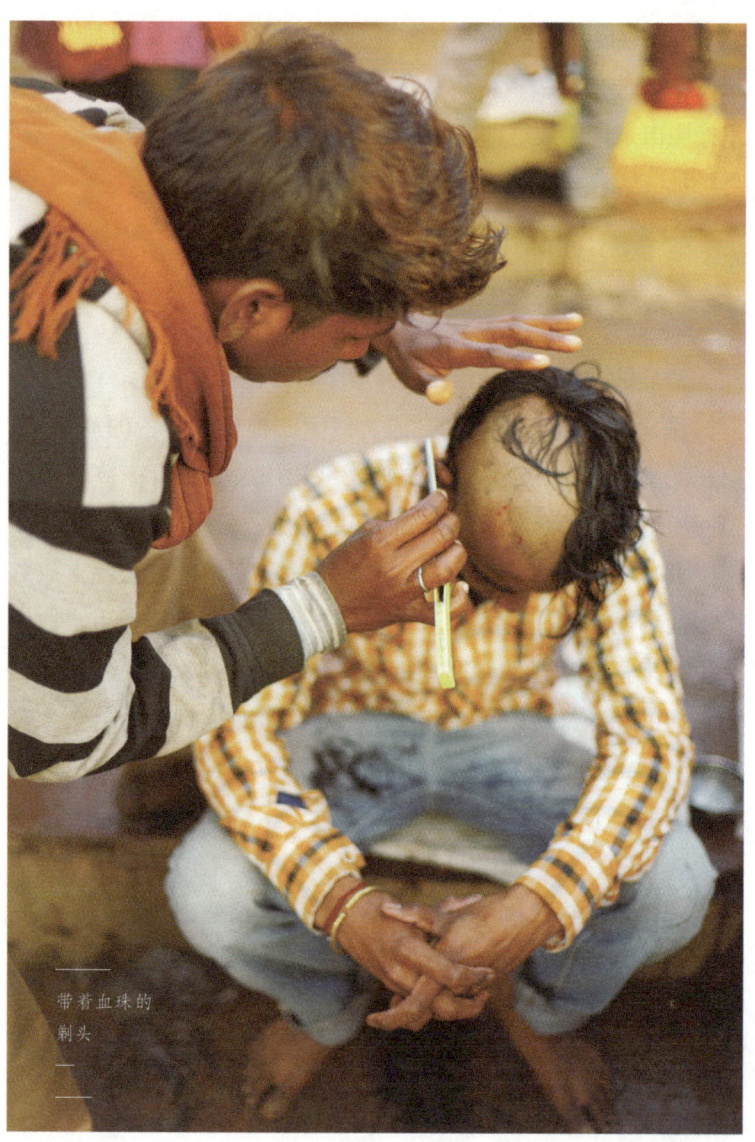

带着血珠的
剃头

而负责焚烧尸体的地方离达萨瓦梅朵河坛只有几百米，是一个叫玛尼卡尼卡的河坛。玛尼卡尼卡河坛在达萨瓦梅朵河坛下游几百米的地方。

如果说达萨瓦梅朵河坛代表了生的兴旺和憧憬，那么玛尼卡尼卡河坛则代表了轮回的希望。

河坛上摆满了木材，这里 24 小时都在焚烧尸体。来到恒河边，自然要去看看这个充满神秘色彩的地方。

对于印度人来说，死亡不过是进入了下一个轮回。能在恒河边被烧掉，并进入轮回，是很多印度人梦寐以求的事情——可以获得美好的来世，因此送丧的人们并没有表现出悲痛欲绝的样子。

因为瓦拉纳西是进入天堂的口岸，很多印度老人特意到这里等待离世，以期进入天堂，也因此瓦拉纳西是印度有名的老人城。

我白天在瓦拉纳西闹市闲逛时，有几次，见到躺有逝者穿街而过的担架。没有呼天抢地的家人跟随其后，没有大惊小怪躲避的行人，每个行走的人继续着自己的节奏，一切都那么自然，生与死都是生命的一部分，所有的一切都归于轮回。

恒河边的逸闻趣事，游客也构成了其中的一部分，不停地有当地人走过来和我一起拍照。这和若干年前，我们见了老外也好奇地要一起拍照是一样的道理。有趣的是印度人大多不会找高鼻梁、凹眼睛的欧洲人合影，作为曾经的英国殖民地，他们早就对高鼻凹眼的欧洲人有了视觉疲劳，倒是对我这个五官扁平的亚洲女人兴趣浓厚。有一次，我发现找我拍照的人群里，有两三个剃了光头的女人，我忍不住多看了两眼，看到我诧异

的目光，她们坦然地向我微笑，看上去兴高采烈，仿佛她们的
霉运和疾病真的已经随着那一头乌发离去。当然恒河边剃光头
的还有亲人离世的男人，传统的印度家庭，父母过世后，家里
的儿子们要把头发剃掉，以示哀悼，如同我们曾经用臂戴青纱
哀悼我们离去的亲人一样。

在玛尼卡尼卡河坛看焚烧尸体时是不能拍照的。

一般游客多是选择在游船上远远观看。胆子大些的游客会
在围栏外看着几米之外的尸体燃烧。我属于胆子大的那种，最
多的时候，曾有三具尸体在我前面不远处焚烧。

在我观看焚尸时，总有一两个人围着我转悠，这是给游客
当解说的当地人，借此混点小钱，不能保证每天有稳定的收入，
地位低下。这些人肤色黧黑，神色猥琐，着装邋遢。他们先是
走过来很严肃地指指我的相机，告诉我不能拍照，见我没有反
应，就凑在我耳边，很神秘地告诉我，可以带我去拍照。我已
经大概知道了焚尸的风俗和故事，不想白白让他们赚我的钱。
那些人心有不甘，总在我身边转来转去，试图抓住我的小辫子，

好把我从这里赶出去。

我好奇，但我尊重生命，并愿意捍卫死者的尊严。虽然一路上拍了很多照片，连巴巴们的裸体都拍了不少，但那是因为他们不介意。这里则不一样，即使没有人制止，我也不会拍照，这是对逝者的尊重！

河坛上堆满了木材，焚烧尸体时，根据体重，计算出所需木材的重量，非常精准。有一种带有香味的木材要贵很多。虽然都是焚烧尸体的河坛，但高种姓的人是不会和低种姓的人在一起的。包括沐浴，高种姓的人有自己专门的河坛。我私底下在想：那些没有钱焚烧尸体的人，是不是直接裹了布丢进恒河里喂了鱼？这是不是恒河里经常发现完整尸体的原因？

有时需要焚烧的尸体较多，工人便会在河坛上同时码好几个柴堆，裹着华丽布匹（均是黄色）的尸体静静地躺在一边，神牛悠闲地在不大的河坛上闲逛，对牛来说，尸体上的花环是美味的食物。同时，花环也是对逝者莫大的恩赐。燃烧后的木炭灰烬非常温暖，总有流浪狗试图靠近，这是神牛的领地，它们会毫不犹豫地把狗赶走。能靠近逝者的，除了逝者的家人就只有神牛了。

焚烧不完全的肢体，被直接丢进了恒河。

我心疼钱，不愿意接受当地人做我的向导，但是有人愿意。总会有游客身边跟着一个肤色黝黑、瘦小的当地人，操着浓重印度口音的英语给他们做解说。有时还会看到不同肤色的导游带着旅行团在这里做短暂停留。而像我这样坐在木头上，近距离痴痴呆呆地看着焚尸的亚洲女人，估计没有几个吧！

后来在去克久拉霍的火车上，遇到自由行的一对夫妇，是上海人。他们不仅请了导游，而且还很大方地给了 1000 卢比！

天啦！ 1000 卢比！ 1000 卢比换算成人民币不过一百元多一点，但在印度意味着什么？意味着这笔钱能够使最贫穷家庭生活一个月了。十几分钟的解说换得 1000 卢比，这对他们来说是一笔很大的意外之财！

全世界的人都知道中国人变得有钱了！中国人有钱咋地？既然你有钱，咱就抢。怎么抢？你买我的东西，我就抬高物价，反正你有的是钱。

可是我没有钱，却因为我是中国人，很难还价。后来在孟买，旅馆老板硬是把我假装成韩国人好不容易砍下来的价格提高了 200 卢比不说，还一副你爱住不住的样子。

这让我想起了在泰国，我极爱吃那里的海蟹，又大又香又甜。我每天都要去买一只，以至于海鲜店老板娘一看到我，就眉开眼笑地对着我说："Big money, big money。"（有钱人）尽管我一个劲地解释，我没钱，有钱的是我的国家。她仍然每次看到我就"Big money, big money"，拿我开玩笑。

行走印度后发现，你得装穷，得装得和那些背包客一样，即使兜里没有几个钱，一样行走世界！何况我真的没有钱，即使我是中国人，我也没钱！实在不行就假装成韩国人或是日本人，总之为了砍价，我还真的装了几次日本人和韩国人。

私底下，我在想：中国人在国外购物，再对价格不敏感的话，我估计，全世界都会对我们"通货膨胀"了。

在恒河边游荡了几天，我想去鹿野苑看看。

行者小林

我的印度之行并没有刻意遵循佛祖的足迹，尽管这里曾经是佛祖传经弘法的地方，曾经传扬着佛祖弘扬佛法的故事。只是这种盛况是玄奘来印度时的所见所闻，何况那时在印度，佛教已开始没落，我来到这里只能看看遗迹。

我去鹿野苑也只能看看遗址了。坐着"突突车"，离开恒河，离开拥挤的市区，鹿野苑让我眼前一亮。

让我眼前一亮的原因是这里太干净了，干净得不像印度。其实后来行走印度时发现，这个国家还是有很多干净的城市。最近几年，印度政府花了大力气去改变国民不讲卫生、随处大小便的陋习。在一些主要城市修建了公共厕所，并下了很多功夫去宣传讲卫生的好处。

鹿野苑让我的肺部焕然一新。

初到瓦拉纳西时，我几乎吃不下东西。除了大街小巷里随处可见的牛粪，恒河岸边同样充斥着人便的骚臭味。有些地方，人的小便汇成一股小小的流水，黄澄澄的，流进恒河里。男人们小便，墙壁成了无辜的受害者。女人的纱丽则成了如厕最好的掩护，只需蹲在地上，如果不是面前有蜿蜒的水流，你肯定不会想到，在大白天，那么坦然地蹲在地上的女人是在解决大事。当然穿着美丽纱丽的女人在干这件事情时，无论怎么看都感觉怪异。我在恒河边遇到过这样如厕的女人，小解之后，若无其事地和身旁等待的男人离开。还有一次在火车站，一个女人居然就蹲在我前面，非常坦然地"嘘嘘"。见怪不怪，我早已怀了处事不惊的心态，像其他印度人一样安然地坐在那里，当

什么也没有发生。

满地垃圾、随处可见的大小便、漫天飞舞的尘土……瓦拉纳西是印度最脏的城市之一，也因为见识了脏中之最，接受了这样的环境，后来遇到干净的城市，我心里竟有莫名的欢喜。

初到这里我无法吃下任何东西。我的口腔里、肺里、头发里，全身上下，甚至胃里，充斥着牲畜和人的排泄物的味道。干燥的风将那些带着各种养料的尘土吹得漫天飞舞，整个嘴巴都是粉尘的味道。

可是我总得吃些东西。

瓦拉纳西的城市布局很是奇特，所有神庙和民居都集中在恒河右岸，恒河左岸边一片荒芜，这种城市布局体现了左污右净的传统习俗。同时，外道为了面向初升的太阳祈祷，把城市建在西岸，这是宗教的必然选择。

如果说恒河的魅力在于她的异域风情的话，那恒河岸边的小巷则是这种风情的浓缩，其中还掺杂了当地百姓千姿百态的生活。迷宫般的小巷，充斥着各种别具特色的小店，也因此吸引了南来北往的游客。

小巷不大，仅能容两人侧身而过。

恒河边聚集了全世界慕名而来的游客，穿上地道印度服装的欧洲人，高大帅气得一塌糊涂，举手投足之间充满异域风情。相比之下，亚洲人在这方面则不占优势。我想这是因为身高差异的原因，高大的身材能将服饰的风格、优美的图案展现得淋漓尽致。

除了服饰，小巷里最多的是小吃店。印度人的小吃店一般就三类食品：油炸面点、甜食和炒饭。

很多在小巷里穿行的印度男人，一边悠闲地逛着，一边嘴里嚼着槟榔。这种被当地人叫做槟榔的东西，和我们通常意义上的槟榔并不是同一种东西。小巷里卖槟榔的摊位随处可见——一张简陋的桌子上，放着几片叶子。摊贩们会在树叶上抹上一些白色黏稠的东西，再加上一些捣碎得乱七八糟的东西和冰糖，供人放在嘴里咀嚼。具体是什么滋味我也不知道，据说因为含有咖啡因，吃了以后能让人有一种飘飘欲仙的感觉。

印度男人咀嚼槟榔如同中国男人抽烟。只是在印度不知是烟草昂贵还是什么原因，我很少看见男人抽烟，有人在公共场合抽烟，也要被制止。我很少看见公开出售香烟的地方，后来和意大利人小法在阿姆利则为了给他买烟，费了一番周折。

印度人普遍吃素，然而吃素并没有给他们带来好的身材，印度的胖子之最，居世界前列，印度人胖得很有趣。

印度妇女酷爱纱丽，这是一种将腰部暴露在外的装束。（信仰伊斯兰教的印度妇女全身上下包得严严实实，她们的装束不在此列）胖姐胖嫂们无一例外地将腰部层层的赘肉暴露在外，"骄傲"地展示着她们的"富有"，如果肥胖是一种财富的话。

男人的胖则相对普通一些，肚子外凸，似乎全世界的男人都以这样的方式胖着。

他们发胖的原因是印度人酷爱甜食和奶制品，大街小巷的甜食店里，摆放着一些看似糕点、形状各异的甜点。

我想尝尝印度小吃的风味，便每样买了一个尝鲜。天啦！咬了一口就没有勇气尝第二口，奇甜，甜得发腻。

几个当地人一边疑惑地看着愁眉苦脸的我，一边非常坦然地将盘子里的甜食送进嘴里，脸上有愉快舒适的表情。我没有勇气吃完这些甜点，又不好意思弃而走之，于是谎称打包，出门不远便赏给了路边的狗儿们。

除了甜食，众多的小店里还有一种让人发胖的食物：奶制品。

印度是一个奶制品消费大国，在这个国家买奶制品就像买矿泉水一样方便。除了小店里有各种各样的奶制品，到处游走的小商贩们拎着盛着牛奶的铁皮桶，沿街售卖。小店里的酸奶异常可口，可是也出奇地甜。那是撒了大把的白糖和着冰块、水、酸奶用机器搅拌或手工捣碎搅拌的"拉西"（Lassi）。后来我渐渐爱上了这种叫"拉西"的酸奶，只是每次买的时候，我都万分警惕要求人家把奶酪皮弄掉，那上面有太多苍蝇在"大餐"后留下的断足和说不清楚从哪里来的黑点。而小贩们总在搅拌好"拉西"后，很殷勤地舀一小块奶酪皮放进杯里。印度人坦然受之，如饮甘露。而我基本是双手剧烈晃动，头摇得拨浪鼓似的，连说："NO，NO，NO！"坚决拒绝在他们看来是精华部分的奶酪皮。我抵御不了"拉西"的美味，但更担心一块奶酪皮让"拉西"真变成了"拉稀"。

传闻瓦拉纳西老城区，有一家经营酸奶的百年老店，我循着《孤独星球》的指引找到了这个地方，只是我实在搞不清两家门庭若市的酸奶摊位，哪家才是真的。干脆两家都尝了尝，当时心里就冒出个念头：真真假假都差不多……

不过我不敢表露出来，两家卖"拉西"的人都警惕地盯着我，试图从我脸上看出什么幺蛾子，我尴尬地站在那里，两手端着酸奶，喝一口左手上的，假装细细品味，一边连连点头，嘴里还连连发出"delicious"（美味）的声音，然后又喝了一口右手上的酸奶，把刚才的程序重复了一道……结果我看到有人不

认真制作
"拉西"的
印度男人

屑地看着我，有人连连摇头，还有人笑嘻嘻地看着我表演……

原本想两头讨好的我落得里外不是人，尴尬地喝完手里的酸奶，落荒而逃。

在恒河边还有一家叫 Blue Lassi 的酸奶店，这家小店据说也有着百年历史，沿着玛尼卡尼卡河坛边的小路直行就可以到达。因为《孤独星球》里有介绍，慕名而来的几乎都是老外，店小人多，经常得排队等待。估计是加了各种水果的原因，价格相比较其他店的原味酸奶，算是贵得离谱，所以在这里基本上见不到当地人，不过这家酸奶的味道的确不错，更不错的是捣酸奶的小伙子，黝黑的肤色，配上出色的五官，居然让等酸奶的我看得不禁流口水。

不过在印度我喝过的酸奶里，最好喝的除了瓦拉纳西的酸奶，就是德里的酸奶了，在德里住的几天，我天天都要去喝，卖酸奶的小伙子也因此和我熟悉，有时，我厚着脸皮喊他多给我盛一些，他也笑嘻嘻地照着做。

鹿野苑没有酸奶，没有小吃店，没有嘈杂的游人，没有漫天飞扬的尘土，没有各种车辆肆无忌惮的鸣叫……有的是清新的空气和宁静祥和的环境。在这里我遇到了行走世界的小林。

废墟四处荒凉，游人甚少，远没有恒河岸边的那份热闹和喧嚣。愣怔间，听见身后有人犹犹豫豫地轻唤："中国人？"

我急速转身，有眼泪盈眶。

老乡遇老乡都会两眼泪汪汪，何况这是异国他乡。突然见到一个和自己一样黄皮肤、说普通话的中国人，那份亲切和热情，似春风扑面。

男孩叫小林，极年轻，极瘦，二十三四岁的样子。

小林在外已经飘荡了十个月，印度是最后一站了。年轻的小林让我佩服至极。

小林住在恒河边上，初到恒河，不知他用了什么方法，让一个台湾女孩甘愿让他免费住在她的房间。后来女孩走了，小林仍在那家酒店待着，并且不花一分钱。我问他是怎么办到的，他告诉我，夜深时分，他会趁人不注意悄悄溜进去，早上再悄悄溜出来。我知道他说的恒河岸边的那家酒店，那个价位不是我可以考虑的。让我更佩服得五体投地的还是小林骑自行车环游欧洲。一路风餐露宿，饿了啃几口面包，困了就睡加油站，高速路上还有警车一路开道。因为他骑着自行车上高速公路，本来警察想找他的麻烦，后来知道他骑自行车环游世界，不仅没有找他的麻烦，反而给他当起了开路先锋。有个警察甚至还给他买了大包食品，估计是担心他那瘦瘦的小身板禁不住一路的折腾吧。

我想：其实在我们每个人的心中，都有一颗行走世界的心，只是囿于很多原因，没有成行。当身边出现这么一个人时，那颗似乎沉寂的行走之心就被唤醒。这也是为什么人们会善待背包客，除了好奇他们身上所经历的故事与遭遇外，自己内心深处也有一份像他们一样行走世界的冲动吧！

看着小林滔滔不绝地说话，我从小林身上看到我的影子，我知道，我们都回不去了，像我和小林这一类人，一旦出发，便不会停住脚步。生命的意义有很多种，其中一种便是永远走在路上。

恒河边的小巷子里有许多卖印度民族乐器的小店，顺带教授印度音乐。小林非常坦然地拿起一种叫"江巴"（音译）的手鼓，有模有样地敲打起来。鼓声带着颤动心弦的乐音，一声声荡漾开去。看着在乐声里摇头晃脑、如痴如醉的小林，我也拿了一个"江巴"跟着老板学起来。

学习"江巴"并不难，三四个音符组合出不同的乐拍。难的是我初次接触，即使把手掌敲得通红发痛，也敲不出动人的音乐。看小林那娴熟的样子，估计他学了不少时间。果然后来小林告诉我，他在欧洲遇到吉卜赛人，和他们混了好长时间。

小林啊小林，你到底是何方神圣？可以无拘无束地过自由自在的生活，可以毫无牵挂地追求我想要而不敢行动的生活。

小林的下一站是加尔各答的"仁爱之家"，去做义工，他准备在那里待上一个月。我不解地问他为什么时间如此之长，我也安排了在加尔各答做义工的计划，但只是三天而已。

小林说他只想把一件事情做透彻，而不是流于表面。

我没好意思跟小林说我也有去"仁爱之家"的打算，和小林相处，我知道，如果不是怀着真正的悲悯之心去做义工，是很难在那里坚持下来的。在那里如果你不合格，即使是做义工也要被赶走。

临分手前，小林给我一个忠告，人太多的地方不要去，出门在外，安全第一。原来前两天，在另一个城市，在参加大壶节时，许多人被踩踏致死。在后来遇到意大利人小法时我才知道了整件事情的经过。

在恒河边待了一个礼拜，我想离开了。初入印度，恒河带给我的震撼和我在恒河岸边所经历的种种，在我心里打下了深深的烙印，我想，如果有机会，我一定会再来。恒河，我和你约定，我一定会再来。

再见了，瓦拉纳西！再见了，小林！克久拉霍，我来了！

第 4 章

诱人的
克久拉霍

在去克久拉霍的列车上，我遇到两位中国同胞，闹了一通不大不小的笑话。

瓦拉纳西到克久拉霍大约四个小时。和我同一个车厢的，除了几个印度人，还有一个黄皮肤的亚洲女人，约莫五六十岁的样子。

我在心里暗暗琢磨着她是哪里人，韩国人？不像。日本人？似乎又少了点什么东西。反正不像是中国人。我正暗自琢磨，对方先开口了。

只听这位女士问道："你是一个人？"说着和我一样的磕巴英语。

我点点头说："是的，我准备去克久拉霍，你也是去那里吗？"

女士回答："不是，我要去欧洽（一个有着精美寺庙群的地方，在瓦拉纳西和克久拉霍的中间）。"

就这样，两个女人操着磕巴英语在车厢里热烈地聊开了，我们一致感叹恒河带给我们的震撼，它的肮脏让我们反胃……全然忘了旁边还有几个印度人支棱着耳朵，听得兴趣盎然。

正聊得开心，一个上了年纪的男人拿着水杯走了过来，女人指着我激动地对男人说："老公，这个女的好厉害，一个人来印度嘞。"女人说的是中国话，上海话。

我哑然失笑，两个中国女人，操着磕巴英语，在火车上装了半天老外，最后才发现原来都是中国人。

在明白我也是中国人后，阿姨和我一起大笑起来。

在国外遇见中国人，大多数时候可以很轻松地相处，彼此间并不戒备，充满友善。如同我和小林一见如故，相互鼓励；如同我和这位上海阿姨，第一次见面就很轻松地聊天，不询问对方职业、不打听对方收入、不在意对方背景……有的只是分享这一路的喜悦和见闻，这在国内几乎是不可能的事情。在国内，我们总是有太多的戒备、成见、试探、怀疑、顾忌……躲在各种面具后面保护自己！或是怀疑别人的目的，放不下身段和人相处。我想，行走的快乐有一部分源于此吧。

上海夫妇俩在欧洽下了车，虽然他们极力鼓动我一起去看看，我还是拒绝了。我的借口是行程的时间不够，其实，私心是不想一路上有中国人相伴，或许成为拖累。我更喜欢自由自在地独自行走。

关于克久拉霍的传说

我在印度经历了很多令人震撼的事物，克久拉霍再一次让我震撼，这是印度除泰姬陵外游人参观最多的景点，虽然许崧在《印度走着瞧》里，并没有用太多的笔墨去描绘。

克久拉霍之所以出名，是因为它的性庙雕塑。有人在参观后如我一般感到震撼，有人不屑一顾，甚至有人把其归类为下流……

印度的历史笼罩着一层神秘的面纱，很大一部分原因是因为没有书面记载。神话和传说贯穿历史，宗教和感官的混合使历史这张网的脉络更为清晰，并使这些传说更加生动。

克久拉霍的寺庙自然离不开美丽的传说。

荷玛瓦缇美丽出众，却被嫉妒的因陀罗神诅咒，在 16 岁的时候成了寡妇。一天，荷玛瓦缇在荷花池裸泳时，被月亮神昌德拉玛瞧见，昌德拉玛不能自制地诱惑了荷玛瓦缇和他发生关系。清醒过来的荷玛瓦缇知道毁了名节，痛苦不堪，昌德拉玛安慰她说，他们的儿子在 16 岁时，将会举行一场扬烟仪式，抹去她的罪行及耻辱。他们的儿子昌德拉瓦尔玛 16 岁的时候，成为一个大胆卓越的英雄，后来成为玛荷巴强大的统治者，在克久拉霍举行了扬烟仪式，洗去母亲的耻辱。荷玛瓦缇希望在这个地方建造 85 座寺庙，由此产生了克久拉霍寺庙群。

告诉我这个故事的是在火车站搭载我的"突突车"司机。

一下火车，很幸运地遇到两个韩国人主动和我拼车，并把我带到一家物美价廉的旅馆。二十四小时都有热水，有漂亮的庭院和餐厅，费用只是恒河边的旅馆的一半，而那家旅馆还没

壮观的雕塑群，
吸引了
各国游客

有热水供应。

　　司机很热情地和我聊天，两个韩国情侣闭着嘴巴一个字不说。一路上只听见我和司机叽叽咕咕地说话，我也因此知道了这个美丽的传说。两个人说得热乎，司机自告奋勇地想做我的导游，除了车费，他不再收取其他费用。我在心里衡量了一下费用，反正都要叫"突突车"，如果有个熟悉的司机带我游览，也是好事情，韩国情侣对此毫无兴趣，他们选择自由行。

　　第二天一大早，司机准时来接我。一路环游发现，这个小村庄宁静、自然、干净，很适合休闲小住，寺庙群就散落在村庄周围。

　　如果说，来克久拉霍是为了看印度人那无处不在的寺庙，那是扯淡，几乎所有到这里的人都是冲着"性庙"而来，多少怀了一些不能道来的晦涩心理。来之前，我曾看到过那些肆无忌惮的性爱雕塑的图片，它们用各种大胆、夸张、色情的姿势撩拨着世人那颗敏感的神经，如今可以亲见，心里竟然有按捺不住的激动。

　　只是，当我站在寺庙前仰望那些层层叠叠的雕像时，我所有卑鄙和肮脏的想法都被抛之脑后。各种姿势的雕塑阐述着一个个的故事，从宗教故事到英雄人物传奇，再到小人物生活的点点滴滴……女性的身体雕刻得妖娆丰满、风情万种，让雕塑生动异常，充满生命力。这些以故事为主题的雕塑在寺庙顶部层层叠叠地堆积着，精美异常。以性为主题的雕塑反而不甚起眼。谁也没有想到的是：性爱，作为中世纪克久拉霍地区的宗教信仰，被糅合进雕塑里，几百年后，这些寺庙群却因这些看上去极尽淫秽的雕塑扬名世界。人们对此褒贬不一，连印度人

精美迷人的雕塑，
让人流连忘返

自己也是又爱又恨。传说圣雄甘地也曾认为这些庙宇非常令人讨厌，甚至鼓动一群文化艺术破坏者去清除外墙上这些"下流而尴尬的雕塑"，因为这些雕塑与他们理解的印度文化有所抵触。此举受到了泰戈尔的干涉，他写了一封大胆的信给甘地，解释说这些雕塑都是国家的瑰宝，不能由于部分人对于祖先是食性之人感到不舒服而加以破坏。

感谢泰戈尔的阻止，感谢甘地的"及时醒悟"，让我们这些后来人能站在寺庙前，看到前人留存下来的精美的雕塑。虽然有些寺庙的雕塑被毁掉了不少，有些还留下被火焚烧的痕迹。

一整天我就这样流连在寺庙群里，那些原本晦涩的心理已经消失无踪，司机耐心地陪着我在寺庙群流连，丝毫没有催促我。在拉我回旅馆的路上，他告诉我晚上可以去看地道的歌舞表演，他说这里的歌舞表演非常精彩，非常漂亮。

难看的丰收舞

印度人以擅长歌舞闻名于世，来印度当然要看看地道的歌舞演出，只是这一路走来，还没有机会看那种又唱又跳的演出，我以为今晚可以。

演出在晚上七点开始，票价不菲，1000卢比。司机跑前跑后地帮我买票，找位置。我终于明白，司机如此殷勤，就是为了晚上我能看演出，他从中吃回扣。我希望歌舞表演可以消除我心里的不快。可我还是失望了！所谓的歌舞表演不过是几个当地人很生涩地在表演"丰收舞"，有些需要女性跳舞的地方，却是男孩子在忸怩作态。

　　晚上回到旅馆，服务员找我要人民币。我疑惑地看着他，心想这个印度人真不见外，见人就要钱。见我不作声，他拿出钱包打开给我看，里面有好几个国家的不同面值的币种，他一张一张地拿出来，骄傲地给我解说着。旁边看热闹的服务员一脸羡慕。其实，面对他如此丰富的收藏，我也是暗暗羡慕呢。最后我还是从背包里拿出五元钱来增加他的收藏。只是让我没有想到的是，我不小心露出来的小瓶法国香水也被他"抢"了过去。说是抢，是因为他拿在手里看时，揣得紧紧地，一脸渴望地看着我。好在我并不稀罕，带在身边是为了以防有用到的地方。印度人酷爱香料，大街小巷里常充斥着刺鼻的香味。香料如同黄金一样，在他们的生活里占据着重要的地位，无论是供奉神灵还是家居使用，印度人对香料都是情有独钟！

　　哈哈，明天一大早我要去阿格拉！

单调乏味的舞蹈，
让人感受不到
任何丰收的喜悦

第 **5** 章

阿格拉
之行

  阿格拉有闻名于世的泰姬陵，后者被泰戈尔称为"爱的泪珠"。我的阿格拉之旅是从 Prince 一家开始的。

热情过度的印度人 Prince 一家

当我在火车上摆弄相机浏览这一路的照片时，一只胖乎乎的小手抓住了我的裤子，就这样我认识了 Prince 一家。

Maji 是 Prince 刚满一岁的女儿，旁若无人地满车厢乱窜。小姑娘黑白分明的大眼睛，浓密的眼睫毛，满头的卷发，胖乎乎的圆脸让我成了追捧她的粉丝。我拿着相机对着她一通狂拍。

印度人很有趣，似乎没有肖像权意识，每当有人对着他们拍照，大部分的人会刻意摆出各种姿势，露出灿烂的笑容。

Prince 见我如此喜爱他漂亮的女儿，很热情地邀请我为他全家拍照。

我乘坐的这趟列车的卧铺车厢，大部分是老外，我猜测 Prince 一家的经济条件不错。

Nuha 是 Prince 的妻子，话不多，她说话时多是抿嘴而笑，后来我知道她几乎不懂英文，听不懂我的意思。

Prince 的大女儿 Ruiqia 刚满四岁，一脸好奇地看着我。她和妹妹有着同样扑闪动人的大眼睛。小姑娘很是羞涩，给她拍照，总是羞答答地躲在母亲后面，露出一只眼睛盯着我看。

当 Prince 听说我要去阿格拉看泰姬陵时，热情地邀请我和他们一道。他说他知道哪里有离泰姬陵又近又便宜的旅馆。

这正合我意！只是我有些担心我的加入会影响 Prince 一家的行程。当我向他提出我的担心时，他摇着头说："No problem！"（没关系）

我一直希望能深入了解印度人的生活，而不是走马观花，这也是独自行走的乐趣所在。遇到 Prince 一家，通过和他们几天的友好相处，瓦解了一些我对印度家庭的看法。

火车到达阿格拉已经是黄昏。Prince 背着不大的背包，怀里抱着小女儿，妻子则什么都没有拿，牵着大女儿安安静静地站在一旁。倒是我，背上的巨包显得非常突兀，很快就有几个拉客的司机围着我讲价。

好在 Prince 定了酒店，有专车接送。因为比预定的人数多了一人，而印度国产的轿车又实在太小，装不下我巨大的行李包，所以酒店临时安排了一辆小车接我。

酒店离火车站不远，十几分钟就到了。下车时我不确定是否该给车费，就偷偷问 Prince："How much？"（多少钱）Prince 用察觉不出的动作轻轻地摇摇头说："No pay。"（不用付）

哇！又让我蹭了一回车，占了爱占便宜的印度人的便宜，我心里有些偷着乐。

Prince 很照顾我这个老外，热心地尽着地主之谊。在帮我选好房间之后，又带着大女儿来我房间安排明天的出行计划。

Ruiqia 和我相处了几个小时，对我已十分熟悉，进我房间后，迅速爬到床上蹦跳，雪白的床单上顷刻间留下东一团西一团的黑脚印。

要知道，印度人打赤脚是一种习惯。Ruiqia 和 Maji 常打赤脚行走。Nuha 也只是穿了一双人字拖，在印度这炎热的国家，穿拖鞋很舒服。

我有些不知所措，按照中国人的习惯，做家长的早已呵斥孩子从床上下来，并赔若干个不是。我微笑地看着 Prince，一厢情愿地希望他会让 Ruiqia 下来，不要再继续折磨我那可怜的床单。

　　Prince 像没有看见一样，自顾自并兴奋地说着明天的行程。他安排明天早上五点半叫我起床，六点半出门，他要带家人和我看泰姬陵。我比较满意这样的安排，原本我有在泰姬陵看日出的计划。

　　提起泰姬陵，Prince 激动起来，他双手放在心脏的位置，微闭着眼睛，轻扬着头，用一种深情的语调说："Oh, Taj Mahal!"（哦，泰吉·玛哈尔）

　　这个年轻的男人来阿格拉六次了，却一次都没有去过泰姬陵。如同我们中国人一样，知道长城，大部分人却没有去过。他这次是举家前往，了却心愿。

　　相处了几个小时后，他和妻子已经很清楚地知道了我的国籍、家乡、职业、年龄、姓名、婚姻状况和家庭人口，我除了知道他有两个女儿，职业是工程师外，别的一无所知，其他事宜，我视之为隐私，所以不问。

　　而这些我视为隐私的事情，却是印度人的交流方式，所以 Prince 什么都问，我在知道这是他们的习惯后，也老老实实地什么都回答，只是我还是不习惯打破砂锅问到底的询问方式，依旧保持什么都不问。

　　看上去 Prince 很满意我的有问必答，他们一家对我非常热情。

　　Ruiqia 一进到我的房间，就开始无拘无束地在我的床上蹦跳。没有 Prince 的阻止，小姑娘干脆拿起我的相机乱按狂拍。因为不明白他们对孩子的态度，就算我心里已经开始抓狂，但我还是微笑着和 Prince 心不在焉地站着说话。我担心不合适的制止会引起他们一家人的不快，从而对我产生排斥，而我会少了和印度家庭接触的机会。在 Prince 深情地呢喃时，我将相机的带子轻轻地挂在 Ruiqia 的脖子上。

终于 Prince 带着女儿走了，我也不好意思叫侍者来换干净床单，把自己带的床单铺在上面一样可以睡，行走印度我是带了一条干净床单出门的。在印度，有些旅馆的床看上去貌似干净，却使我的身上长出了许多可疑的红包，好在我带了花露水和万金油，一路倒不觉得十分痛苦。

今晚，Prince 要带他的家人和我出去吃晚饭。

这是一家离酒店不远，看上去颇为雅致的饭店。一楼的柜台里陈列着精美的小点心，我已经知道那是非常甜的东西，所以只是看看，并没有吃的欲望。

Ruiqia 脱掉鞋子，很麻利地爬上餐厅的桌子，小 Maji 见姐姐坐在桌子上，也叫嚷着往上爬。我不知道印度人吃饭时该怎么安排座位，便请教 Prince。他告诉我如果朋友聚会，妇女和男人各坐一边，夫妻对坐。他安排我和 Nuha 坐一排，然后自己在妻子对面坐下。两个孩子在餐桌上爬来爬去，桌子上的调料品被两姐妹弄得乱七八糟。Prince 耐心地把弄倒的调料品扶正，并不制止孩子。

两个孩子在餐桌上玩了一会儿，又吵闹着下地，在餐厅赤着脚，叫嚷着、嬉笑着跑来跑去。我突然发现几个侍者和一个似乎是餐厅经理的人偷偷往这边看，但没有一人出声制止孩子们的喧哗。

出于本能，我有些羞愧。

饭菜很快上来，是一些面饼和蔬菜，还有糊糊状的东西。Prince 很耐心地抓起饼并裹了食物给孩子喂食，间或也给妻子喂食。

　　见他们一家亲亲热热，我在旁边无声地笑看着，让我想不到的是，Prince 竟也抓了食物喂我。天啦！这双手蹭过火车，拿过东西……他一路拖儿带女，靠的就是这双手过五关斩六将，而他进入餐厅后还没有洗手，刚才还用这双手给妻儿喂食，擦去她们唇边多余的残渍……此时竟亲热地、毫不见外地拿了食物喂我，这等于是几个人共同用一双脏兮兮的筷子，虽然我知道这是示好，表示他的家庭接受我，但我打从心里还是排斥这样的喂食方式。

　　刚才在来的路上，夫妻俩牵着小女儿自顾自地在前面走，亲亲热热地说话。留下大女儿和我在后面远远地跟着。Ruiqia 有用不完的精力，对什么都好奇，逮着什么都要看个够，这一路走得又慢又辛苦。更让我辛苦的是身边不停有飞驰而过的车辆，我一路提心吊胆的，担心 Ruiqia 的安全，人家夫妻俩非常放心把女儿交给初次见面的老外照看，这种信任不是任何人都可以获得的，我只能小心翼翼地当起临时保姆。我有些怀疑，他们这么信任我，是不是我脸上写着“我是好人”几个字。

　　进餐厅前，Prince 告诉我，他的家人很喜欢我。一路上 Maji 只要看不见我，便会让父母停下来等我。这个我倒是不怀疑，行走世界，我总是很讨人喜欢，我想是因为我热情和爱笑的原因。即使那些一开始垮着脸对我爱理不理的人，最后也总能对我微笑。只是没有人知道，我热情、微笑、和气的背后掩盖了太多的警惕和防备。一个人很多时候不得不小心。自由诚可贵，行走价更高，若是没有命，什么都完了。

　　我正在犹豫着是否接受 Prince 的喂食，Prince 已经将食物塞进我的嘴里。有些事情，你越是不想它来，它偏偏要来。Prince 已经开始把我当成他的家人，不停地给我喂食了。我只能硬着头皮吃下可能掺和着孩子们口水和残渍的食物。Nuha 抿着嘴看着我笑，面对这一家人的盛情，我心里暗暗叫苦。

　　一岁的 Maji 还不能独自进食，见到父母和姐姐都在吃餐桌上的食物，急得哇哇大叫，她不再满足于父亲用手喂食，试图自己取食。夫妻俩既要照顾挑三拣四的大女儿，又要安抚在旁边叽叽喳喳叫唤的小女儿，又要自己吃东西，场面非常热闹。

　　见我吃完，Prince 索性把小女儿送到我怀里，让我帮忙照顾，Nuha 舀了一小碟白米饭让我喂食 Maji。

　　这夫妻俩真没有把我当外人，没有 Maji 的吵闹，两口子一边用手抓饭进食，一边互相喂食，一副浓情蜜意的样子。

　　只是小家伙在我怀里并不安静。一岁的小姑娘正处于什么都乐于模仿的年龄，在我用小勺喂了几口之后，抢过勺子把小碟子里的饭搅得乱七八糟，后来干脆用手抓了往嘴里送，弄得衣服上、地上到处都是饭粒。

　　因为我的加入，这个家庭成了餐厅的焦点，许多人偷偷地瞧着我们，我估计他们在猜测我和这个家庭到底是什么关系。

　　这一餐我争着买单，因为感激 Prince 一家的热情，何况比较便宜，约人民币八十多元。

　　明天我们一起去看泰姬陵。

盛世绝品——泰姬陵

Prince 安排明早五点半起床，六点半出门，这样我们可以轻轻松松地、慢慢地享受时间，第二天我才明白什么是慢慢地享受时间了。

早上五点半，我准时起床。Prince 在我起床后过来敲门做"morning call"（叫醒服务），我以为六点半可以出门，可是没有。

等到七点半，太阳已经升得老高，早餐也吃完了，我无聊地坐在酒店大厅等待这一家人。我心里暗暗着急，看日出的计划肯定是泡汤了，再不出门，我就得顶着酷热的太阳游览泰姬陵了。可是我急，人家不急，Prince 一家丝毫没有出门的动静，偶尔能听见两个小家伙叽叽咕咕的说话声，不好催促，只能耐着性子继续等。

后来我知道了，大部分的印度人真的是慢性子，用他们的话来说，什么都能搞定，什么都是没关系的。他们不明白我的焦虑和担心，而且认为没有必要。后来在德里为了寄东西，我不停地催促了一个礼拜，在印度人无数的承诺下，东西还是没有寄出去，因为时间的原因，我只能怀着千万个不放心而离开。还好回国后没多久就收到东西了，只是，唉！东西破了。

关于印度人不紧不慢的生活态度，我不能理解，如同他们也不能理解我总是担心和焦虑。我们在生存的空间里匆匆忙忙，担心慢了会有所失去，大部分的人，来不及细看身边的景色，来不及细细品味生活的细节，还没有活明白，所有的一切便归于尘埃。有多少人是懵懵懂懂地来人世间走一遭？企图抓住什么，结果还是一无所有地离开。

印度人慢悠悠地生活着，慢悠悠地承受生活带来的苦与乐，从上至下都是一种慢悠悠的生活态度。这种生活方式和态度带给他们的究竟是什么？我不知道，我所知道的是：在这个贫穷人口甚多的国家，人的心态相对是平和的。我想除了宗教力量因素，还和这种慢悠悠的生活方式有关吧。

八点钟，Prince 一家终于出现了。

Nuha 换上了粉紫色的纱丽，看上去清爽而雅致。Ruiqia 穿着莲蓬裙，小 Maji 则穿了一件大红色的阿里巴巴裤（印度人爱穿的一种花裤子）。两个小家伙都赤着脚，蜷曲的头发被妈妈收拾得服服帖帖。

Prince 也换上了干净整洁的衬衣，年轻的脸庞显得憨厚帅气。

在印度久了，你会发现一件有趣的事情，一个人的社会地位、家庭环境如何，从他的长相上就可以看出来。路边的乞丐、小商贩、三轮车夫等，几乎都是脸庞狭窄、瘦削、皮肤又粗又黑，有些人看上去下巴短小得只有半张脸。这种长相的人在印度的苦力里随处可见。

Prince 长相端庄，肤色谈不上白皙，是正常的棕色，Nuha 有着和他同样的肤色，两个孩子也继承了他们的优点，娇媚可爱。

Prince 在酒店外面叫了一辆"突突车"，我们"全家"浩浩荡荡地出发了。

进泰姬陵，外国人要 750 卢比，当地人只要 20 卢比，15 岁以下的孩子则免票。

我想起去年带母亲去浙江拜佛，门票高得让我心里暗生恻隐，同样是人类文化遗产，印度人对国人是宽容和仁慈的。估计他们的政府在想，这些都是老祖宗的遗产，你意思意思算了，免得人家老外见你一分不交而心里不平衡。可是我心里还是不平衡了，我不平衡的是：我在有着几千年文明历史的泱泱大国，进个景点还得花高价才能进去；我不平衡的是：那些东西明明是老祖宗的遗产，明明是大自然留给人类的自然景观，凭什么我们得花大把钱去看？面对几十倍的差价，Prince 一脸内疚地看着我，不过他没有给我买单的意思。在他看来，我是外国人，就应该接受这种差异。我的英国朋友 Ken 来中国时，我和朋友们带他游览时争相为他买单，和这有太多的不同。

三月是印度的旅游旺季，泰姬陵以她绝美的姿态慵懒地迎接慕名而来的全世界游客。上午的太阳照在身上暖洋洋的，非常舒服。Ruiqia 兴奋地在广场上跑来跑去，小 Maji 追着姐姐兴奋地尖叫着。

兴奋的除了孩子，还有三个成年人。当泰姬陵映入眼帘的刹那间，Prince 激动地对我说："看，伟大的泰吉·玛哈尔！"

印度伟大的诗人泰戈尔曾写诗赞美泰姬陵是"爱的泪珠"！

来此之前，我已熟知泰姬陵的建造者沙贾汗和蒙泰姬的爱情故事。

当年，弥留之际的蒙泰姬对悲痛欲绝的沙贾汗说："如果你爱我，请为我修建一座世间最美丽的陵墓。"

蒙泰姬不仅要世间最美丽的陵墓，还要求沙贾汗不再娶别的女人。这是一个王妃对国王的要求，在我们看来似乎是过分的。

然而，沙贾汗不仅花了 22 年的时间倾全国之力，动用两万名工匠和无数的珍宝打造了这座旷世瑰宝，还秉承诺言，终身未另娶。在他看来，那个让他在集市上一见倾心的美人，那个在他被流放七年而不离不弃跟着他的女人，是值得他这样做的。难怪泰戈尔要形容泰姬陵为"爱的泪珠"。

纯白的宫殿代表了沙贾汗对妻子纯洁的爱情，可惜这段美丽的爱情被儿子的暴行打断了。原本，沙贾汗准备在河对岸修建一座黑堡，在自己死后可以和妻子隔河相望。没想到泰姬陵刚刚修好，他的儿子奥朗则布就杀兄篡位，并把老国王关押在与泰姬陵相隔一公里多的阿格拉堡。可怜的老国王只能透过阿格拉堡小小的窗口，与妻子的陵墓遥遥相望，八年后凄惨地离开人世。泰姬陵留给世人的除了让人感叹的人间瑰宝，还有让人不胜唏嘘的爱情故事。

Prince 带着妻儿，兴奋地拍着照片，他甚至还站在石凳上，手在空中虚抓着，让我帮他拍手抓泰姬陵的照片。在印度，很多人都喜欢用这个姿势和泰姬陵拍照。我发现，现场好几个老外也用这样的姿势在拍照，原来世界上很多人都知道来这里要用这样的姿势拍一张照片，我也不能免俗地拍了一张手抓泰姬陵的照片，就好像在峨眉山，在导游的安排下，我做出各种姿势去抚摸大佛的眉毛、鼻子等，当然也被哄骗着掏了些钱。在这里是心甘情愿，是发出内心的欣喜和爱慕之情，何况除了门票不再掏一分钱。印度在这方面做得就是好，景点门票几乎都是通票，我发现我越来越喜欢这个国家了。

我慢慢地走着，贪婪地看着，不想错过一点一滴的美丽。Prince 催促我几次之后便不等我，带着妻儿到别处拍照去了。

我贪婪地抚摸着泰姬陵光洁的墙面、石柱……这哪里是一座陵墓，这明明是一件人间瑰宝啊！

围着泰姬陵转了几圈之后，我挨着她坐下，就这么呆呆地看着人来人往，看五彩缤纷的纱丽飘过如玉的庭院，看人们兴奋的笑脸，看虔诚的瞻仰……

我不远万里，从中国来到这里，实属不易，虽然有打算再来，但我知道，我没有那么多时间长久地流连这里，而等待我行走的地方太多，今生也许永不再来。满怀的伤感让我眼泪盈眶，我哪里舍得错过今日的点点滴滴，今日所见我要永远牢牢地记在心里。

当我离开泰姬陵，已是下午四点多了，Prince 一家早已不见踪迹，估计他是见我太爱这里，不忍心打扰我吧。

后来 Prince 告诉我，他们中午就离开了，下午去了阿格拉城堡，我是在 Prince 一家离去后才独自去的阿格拉城堡。

从泰姬陵回来后，我在酒店吃了点美味的 Pokara（一种蔬菜裹面粉的油炸食物）和酸奶，回到房间就沉沉睡去。

正当我睡得昏天黑地时，听见轻轻的敲门声和呼唤声，是 Prince，天啦！我今天可是五点半就起床，而且这几天都没有睡好，此刻困顿不堪，我需要休息。

我困得眼睛都睁不开，不想理他。可是 Prince 认定了我在里面，继续锲而不舍地敲门。印度人就是这么不见外，不懂得人情世故。

好不容易起身，看着我睡眼蒙眬的样子，Prince 催促我快点梳洗，一点都不怜香惜玉。他语速极快，仿佛是要带我去看什么演出。

在克久拉霍看了那场"丰收舞"后，我对旅游区推荐的歌

人间的瑰宝，
爱情的眼泪

舞表演毫无兴趣，我摇头表示拒绝。

可是 Prince 不放过我，他说："Fang（非常抱歉，即使对 Prince 一家，我还是叫小芳，现在想起来真的很是惭愧），你一定要去，太有趣！太漂亮了！不去的话你会后悔的。"

我懒洋洋地回答："你说的这个地方，书上没有介绍，旅游攻略书上也没有提过。"

见我不想去，他有些着急，便夸张地说道："你一定要相信我，旅游书只是很薄的一本书，有很多精彩的地方没有写到。我来这里六次了，知道哪里好玩，哪里不好玩，这是一场非常漂亮、非常精彩的歌舞演出。"

Prince 说非常漂亮时，语气和克久拉霍的司机一模一样，不同的是 Prince 两眼放光，而司机则是没有什么表情。

盛情难却，司机都能忽悠我看演出，我有什么理由拒绝好意邀请的朋友呢?

这场演出要花 1200 卢比，Prince 在我选择了最好等级的位置时，也毫不犹豫地选择了和我同样等级的票，我之所以选最好等级的座位，实在有点在这家人面前打肿脸充胖子的意思，我可以在陌生人面前叫穷，但在我认为是朋友的这家人面前，我莫名其妙地装起了"大款"，我这是什么逻辑? 我自己都莫名其妙。

这次，两口子又把好动的 Ruiqia 交给我。我只能一边威胁 Ruiqia 保持安静，一边在很多老外不满的眼光里尴尬地观看演出。

节目是歌舞表演，讲述的是泰姬陵的由来，场面豪华，演员俊美，表演精湛。特别是结尾部分，泰姬陵的仿真模型在不同的灯光下呈现出不同季节、气候的样貌，时而绚烂，时而幽深，时而惊心动魄……这座精美逼真的模型是印度人花了整整10年，用和泰姬陵同样的材质打造而成。泰姬陵是花了22年的时间才被打造成人间瑰宝的。印度人又花了10年的时间为游客精心打造了这座精美的建筑模型。通过模型把不同气候条件下泰姬陵的不同面貌呈现给游客，构成泰姬陵游览区的一部分。

这样的场景对我们这些只能碰到什么看什么，无缘一睹泰姬陵四季风采的游客来说是一种补偿。

我心里对 Prince 的安排充满了感激，如果不是他，我真的看不到泰姬陵的这种面貌。

Prince 是一个精力充沛且热情洋溢的男人。

看完演出，我们又打了一辆"突突车"直奔夜市去吃东西了。真的得感谢 Prince，带我吃到地道的印度小吃，没有他的话，我无法在阿格拉找到如此地道的小吃夜市，这就是和当地人在一起的好处，可以品尝到地道的当地小吃。

这个叫 duba 的夜市，从酸奶到巴里布里（一种土豆炸的又薄又脆的圆球），再到烤羊肉，琳琅满目，应有尽有。自从进入印度，我根本没有吃过肉。不是我不吃，而是我找不到吃肉的地方。印度是一个食素大国，有些地方甚至整个邦吃素，所以在印度，即使在德克士、肯德基这样的餐厅，也很难见到肉的踪影。

见到烤羊肉，我两眼放光，我已经顾忌不了来印度前别人的忠告：在印度，千万不要吃肉，因为太脏了。

Prince 一家和我一起站着，围着桌子大快朵颐。我也试着给两个小姑娘喂食。我知道 Prince 和 Nuha 不会在乎，他们很得意地看着我给孩子们喂食，旁边站了很多当地人疑惑地看着我们。

今夜的烤羊肉
格外诱人

Ruiqia 不停地喊我 "didi"（一种称呼），要我喂，要我抱。经过两天的相处，她早已把我视为家庭的一分子。即使是吃奶的 Maji，每次看我都会露出灿烂的微笑，让我又爱又心疼。

从夜市回来，Prince 安排第二天去法塔赫布尔堡参观。

给 Prince 过生日

在阿格拉，除了要看泰姬陵，同样值得一看的就是这个被称为"胜利之城"的法塔赫布尔堡了。这座红砂岩的城堡，在 16 世纪末期，曾经是阿克巴大帝精心规划建立的新都。很有趣的是，大帝本人是伊斯兰教的忠实信徒，却致力于融合各宗教所长。大帝娶了三个老婆，分别信仰伊斯兰教、印度教和基督教。按照不同教派的风格给每个老婆修了行宫。作为曾经的一国之都，法塔赫布尔堡见证了当时的灿烂与辉煌。

凌晨五点半，Prince 准时来敲门，不过他和家人今天动作迅速，不到七点我们"一家人"就出发了。

门外等待我们的是 Prince 事先安排好的一辆出租车。法塔赫布尔堡离酒店约 40 公里，Prince 花一万卢比把这辆出租车包了下来。车费我们各出一半，但他事先并没有和我商量，估计他认为不必告诉我这个女人。对此我颇有微词，要知道坐大巴的话只要 60 卢比，虽然我是一个女人，再没有地位，总得征求我的意见嘛，钱毕竟是我的。虽然心里肉疼，但只能是疼疼罢了，既然喜欢和这家人在一起，又要装"大款"，那就得接受人家的安排。

在和他们家相处的时间里，我发现 Prince 很爱妻子。Nuha 话不多，这个家庭所有的事情都由 Prince 做决定。

车程过半时，Prince 安排我们在路边一家餐厅吃早餐，我敏感地发现食物贵得离谱。我只点了很少的东西。

Prince 也点了很少的食物，几片面包和两杯奶茶，他带了蛋糕。

原来今天是他 31 岁的生日，Prince 一家要在这间路边餐厅给他过生日。

Prince 开始切蛋糕，我们几个女人在一旁唱生日歌，哈哈！第一块蛋糕，Prince 喂给了大女儿，再给小女儿，然后给妻子，我知道躲不掉了，一脸开心地张嘴接受。

Prince 是幸福的，他的生日不仅有妻儿陪伴在身边，而且母亲和姐妹还有几个要好的朋友，也都纷纷打电话祝贺。Nuha 在 Prince 接电话时，一言不发，笑嘻嘻地看着一脸快乐的 Prince。

我告诉 Prince，他是一个幸福的男人。

没想到 Prince 说了一番让我感慨不已的话。他说："我非常爱我的妻子，我的女儿，我热爱我的家庭，她们是我生命的全部，在我心里，她们占着最重要的位置。"说到这里，Prince 把双手放在心脏的位置，一脸的庄重。说完这些话，Prince 拉过妻子，给了她深深的一吻。

我完全相信他的话，这一路上他对两个女儿极其宠爱，不管孩子们怎么淘气，都没有见过他制止和呵斥，反而有时候 Nuha 会板着脸呵斥孩子。

Nuha 一脸幸福，夫妻俩拿着蛋糕互相喂食，两个小姑娘在餐厅里嬉闹。夫妻俩柔情蜜意，间或接吻。我悄悄溜开去照顾姐妹俩。两个人的世界里，我的存在是多余的。

对于印度人的家庭，不管我事先有什么成见，有什么看法，今天以及在我今后的旅途中，我知道了，很多印度家庭里，人们的家庭观念非常重。一个家庭的组成不仅仅只有丈夫、妻子和孩子，还包括这个大家庭里面很多其他的成员，显得很传统，也很和睦。在印度，离婚是不被接受的事情，离婚者会被人歧视，只有在大城市，高种姓等级里，人们对离婚者才有着相对的包容。

结束法塔赫布尔堡的游览，Prince 一家准备乘飞机回克久拉霍了。

Maji 沉沉地睡在我怀里，Ruiqia 躺在妈妈的怀里似睡非睡。两个疲惫的孩子丝毫不知道即将到来的分离。几个大人伤感地拥抱道别，彼此依依不舍，但天下没有不散的筵席。Prince 反复邀请我以后一定到他克久拉霍的家里做客，这又让我怦然心动。

再见了，亲爱的朋友，我的印度之行因你们而精彩。

和 Prince 一家分开后，我计划第二天早上去阿格拉堡看日出。

巨大的反差

当我独自一人，打了一辆人力三轮车到达阿格拉堡时，天空仍然一片漆黑，月光下的城堡显得厚重而神秘。

远远的一只小黑狗悄无声息地朝我跑来，摇头摆尾围着我撒欢。印度遍布大街小巷的除了神牛，还有各种颜色的流浪狗。Ken 建议我来印度一定要打狂犬疫苗。到印度后我发现，这里的狗和神牛一样多，一样和善。我没有看见哪只狗对着行人狂吠，也没有见到哪只狗仗势欺人。

在这里，人和动物和睦相处。四处晃荡的野狗数量众多，无拘无束、轻松自在。在大街小巷，随处可见睡得死沉的狗儿，不时有车辆和行人从身边经过，狗儿眼睛都不睁，继续酣睡。路人也不驱赶，宁愿绕道，也不去打扰狗儿的清梦。

因为离开门的时间尚早，门口有三个门卫聚在一起聊天，见我过去便好奇地盯着我。

在弄清我的国籍后，他们让我耐心等待，说要六点才开门。

几个人对我充满好奇，查户口般地询问我的个人信息，我微笑着一一回应。当然我的回答多了很多调侃的成分。这些天和印度人相处后，我知道他们并无恶意，询问只是一种社交方式。我和他们套着近乎，企图免费混进城堡看日出。可是这次没有通融的余地，我只能老老实实地等待开门。

早上六点半，天色大亮，终于可以进去了。我担心太阳升起，急忙冲到售票窗口。票价要 300 卢比。我身上只有 500 卢比的整钱，我是第一个顾客，售票员没有零钱找我。我想了想便告诉他说，钱先放这里，等我出来后再拿找的零钱好了，他想了想也很干脆地同意了。在印度，人和人之间相处充满人情味，有些我们觉得麻烦的事情，在他们眼里只是小事一桩，大家基本都会乐意帮忙，也没有这样或那样的警惕。

这时有位好心的门卫来到我跟前，示意我跟着他走。门卫带着我一路小跑，绕过迂回的路径与长廊。如果没有他的带领，我一定会花很多时间才能找到观赏泰姬陵日出的地方，估计会错过了日出。

当我在门卫的带领下踏上观景台时，眼前豁然开朗，太阳尚未升起，远处的泰姬陵被薄雾笼罩着，似绝世的美人，安静地沉睡着。

我惊叹于眼前的美景，对热心领路的门卫心存感激，便掏出 50 卢比给他。

我以为 50 卢比可以打发他，还想他会谢谢我。可是我错了。人家不要卢比，他要美元。

我知道印度人特别喜欢美元，见到美元如同见到金子一样，眼睛会发亮。想了想，我掏出一美元递给他。门卫摇摇头说："给我两美元。"

我有些犹豫，一美元相当于 50 多卢比，两美元够我在印度吃一顿好的啦。

门卫一脸的坚决。他们要钱的表情总是很坚决，如果你坚持不给，他们也不会做什么。

最后我还是掏出两美元给他。当我准备拿回我先给他的 50 卢比时，他捏得紧紧的，不准备给我。

我有些哭笑不得，对他说："不行，你得还给我。"说完我一把抓回我的 50 卢比，门卫并不生气，笑嘻嘻地拿着两美元走了。

在这种小便宜上，一些印度人是能占就占，当然如果你坚持不让着他们，他们也不会强求。我发现占小便宜这种事情，大多发生在社会等级比较低的阶层里，像小贩、车夫……而正规大酒店和比较高档的营业场所则少有。

　　我在瓦拉纳西定车票时，曾遗落价值 500 卢比的首饰。我当时的感受是"完了，找不回来了"。不过当我抱着试试看的心态回去寻找时，还没等我说完，人家就毫不犹豫地还给我。

　　在阿格拉住的酒店里，不知谁遗失了一支法国产的防晒霜，一直放在桌上，直到我离开，那支防晒霜就那么静静地躺在那里。

　　谁说贫穷造就了贪欲！

　　在阿格拉堡看太阳从泰姬陵那里缓缓升起，如童话里的城堡，笼罩在清晨的薄雾里。世界上有太多美丽的景色，若干年后，能记在心里的又有多少？永不磨灭的，只有当时的那份激动和体验。

　　我从当初关押老国王的房间里望向泰姬陵，虽然难以体验当初老国王情感的错综复杂，但心情终究有些黯然。

　　看完日出，沿着来时的路径往回走，时间尚早，游人也不多。成群的鸟儿在林间飞舞歌唱；几只鹦鹉站在枝头，肆无忌惮地接吻；鸽子在草坪上流出的自来水里拼命撒欢；警惕的老鹰，在人走近后才翩翩飞走……这一切让我如此着迷。我想起昨天和 Prince 一家坐车时，一只肥胖的孔雀悠闲地站在马路上东张西望，司机放低速度，缓缓从它身边经过。

　　最让我着迷的是这里竟还有向人乞食的小家伙。

　　一只小松鼠从我两腿间快速穿过，我还来不及反应，它就顺着我的裤脚爬了上来，我小心翼翼地蹲下。

　　在泰姬陵时，一个当地人让我用面包喂松鼠，花了我 10 卢比，因为他们对我说松鼠是他们养的。

　　我轻轻打开背包，拿出一包饼干，小家伙竟然跳进我的背

缓缓升起的太阳，
把泰姬陵映射得像
童话里的宫殿

从阿格拉堡
看泰姬陵，
如梦如幻

包里，四处翻弄起来。我把手里的饼干放在地下，这下不得了，不停地有松鼠朝我跑来。有的松鼠拿了饼干就跑，没有拿到的就不甘心地围着我转。几个性急的干脆钻进我的背包里鼓捣起来。二十多只小精灵围着我乞食，直到见我再无一点存货，才恋恋不舍地离开。地上的饼干残渣被捡得干干净净。有个小家伙甚至跟着我走了十几米的距离，见我实在没有吃的，才不甘心地跑了。

一路走来，这个国家的人和动物和睦相处，小动物对人类的信任让我心生嫉妒。从地上的神牛、野狗到天上的飞鸟，只有疾病和天敌可以夺取它们的生命，人类是不会轻易打扰它们的。在这里你可以很轻柔地抚摸一只流浪的野狗，而不必担心它们会犬齿相向；你可以近距离地观察鸟儿，不必担心它们会惊慌失措；一切生命在这里，都那么坦然、自由，最难得的是信任——对人类的信任。

当天晚上，我回到酒店上网时看到一条新闻：一个男人残忍地把松鼠踩死，其妻在旁边大笑。

巨大的差异让我无言以对，我不知道用什么方式表达我的悲哀。在这个我们视为落后、野蛮的国度，动物的生命得到尊重，人和动物和睦相处，这些难道可以用他们吃素作为借口来解释吗？

如果不走出国门，不深入了解这个国家，没有和 Prince 一家相处，看不到他们接人待物时彬彬有礼，看不到他们呵护孩子自由发展的天性……我对印度的定位一定会像我来印度之前的那个思维：野蛮、落后、贫穷、迷信……如同他们对我们的认知。我之前所了解的，不过是网络上的泛泛之谈。某些新闻媒体充分抓住了人们喜爱猎奇的心理，并通过主观意识强化了这种心理。其实每个国家都有光鲜亮丽的一面，同时也有见不得人的阴影。

当天我还看到一条新闻，在阿格拉的泰姬陵酒店，一个外国女子为了避免被酒店经理性侵，只身从酒店二楼窗口跳下受伤的新闻。我想起今天一大早，在漆黑的阿格拉堡，我和三个印度男人聊天的情况。我当时心里是充满警惕的，如果其中某个人神色不对，我一定会撒开脚丫子逃跑。我相信他们追不上我。还在读书时，我就是长跑和游泳冠军。在国内，有一次夜晚在路边等车，马路对面的几个男人对我指指点点，我立马跑掉了。是的，如果感觉到危险，第一时间一定要跑，不要试图确认是否危险，即使是误会也要第一时间跑掉。

我很佩服这位外国女子的勇气，她如我一样充满警惕地行走在印度这块既迷人又充满危险的土地上，如果没有足够的机警，千万不要出门。

好了，早早休息吧，明天去德里了！

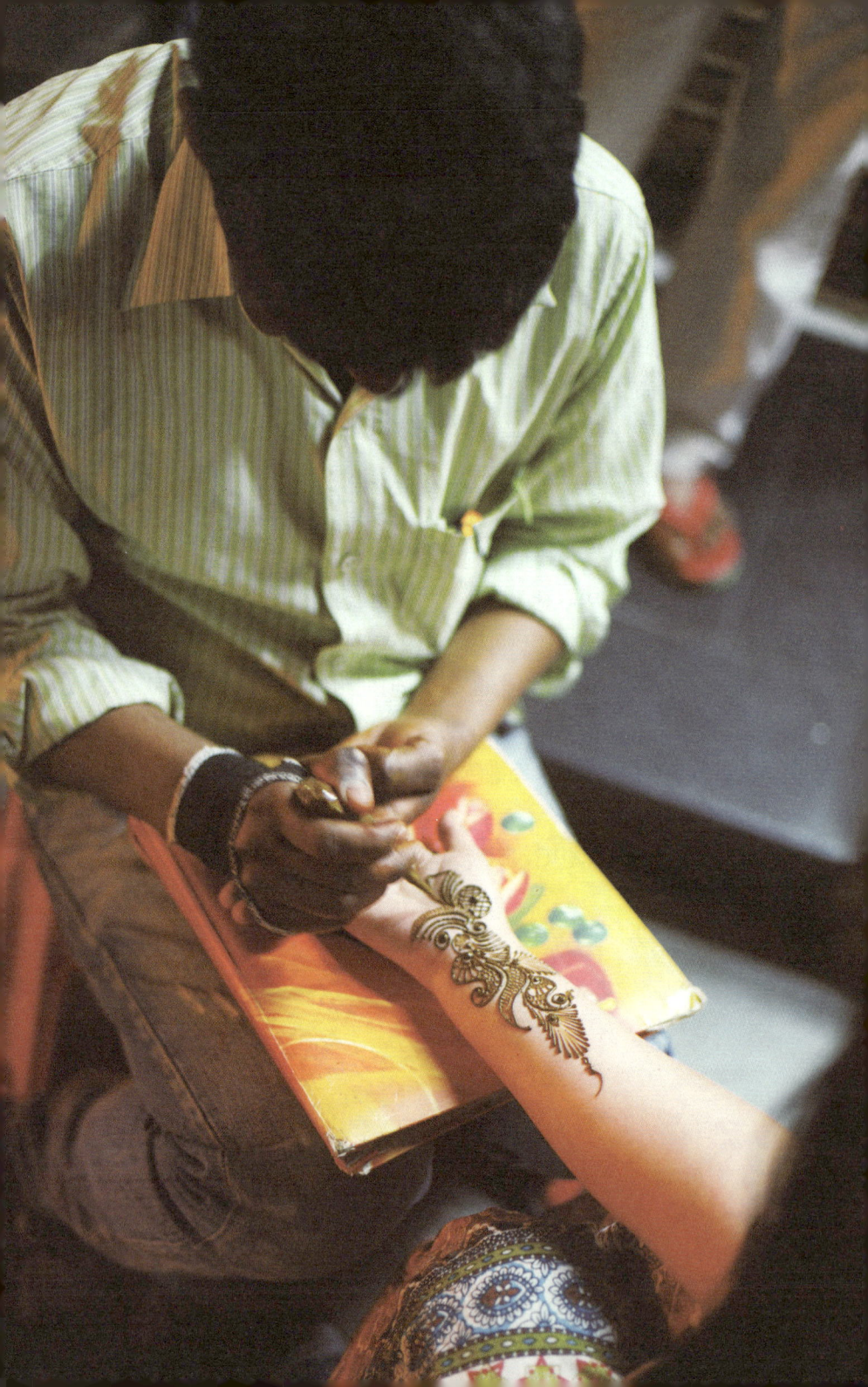

纠结的德里

Chapter 6

从阿格拉到德里的火车晚点了一个小时。

到目前为止，我在印度乘了四次火车，这是第一次遇到火车晚点。

我被印度人妖"海吉拉斯"
重重地拍了两巴掌

自从经历了瓦拉纳西那次疯狂的洋春运后，我没有勇气再去尝试拥挤不堪的印度火车，没有勇气再去"享受"男性旺盛的荷尔蒙气味和众多男性的"亲密"接触，以及间或会被某位"善良"的男性吃"豆腐"的体验。我决定以后的行程都买卧铺。

印度的卧铺有很多等级，等级越高，服务的档次也越高。我乘了两次 AC3（带空调的三等卧铺车厢）类较高档次的列车，有空调，有床上用品。今天乘的是 SL（不带空调的卧铺）低等级的卧铺，无空调也无床上用品，好在个人空间比较大，费用不高，也不拥挤。

我照例被好奇的印度人查询了户口，问候了家人。他们对我的一切充满好奇，一边和我聊天，一边明目张胆地议论我。

印度火车内部，
背包客最多的
等级车厢

　　有人问:"你是哪国人?"

　　我答:"中国人。"

　　于是几个刚才还在争执我是哪国人的小伙子异口同声地说:"喔,中国人。"

　　他们就用这样的方式重复着我的回答,这个空间的每个人都对我兴趣满满。当他们听说我只有十八岁后,都投来疑惑的眼光。我哈哈大笑着说:"是的,我永远只有十八岁。"

　　一阵疑惑后,有人反应过来,也跟着我嘻嘻哈哈地笑起来。

　　大家正聊得开心,身边的小伙子突然指着窗外朝我喊叫道:"快看,快看,这是我们正在修建的高速路。"

　　面对一脸自豪的小伙子,我决定打击他一下。我用一种平静的语气说道:"在我的国家,高速路像蜘蛛网一样,把中国的各个城市、村镇连接起来。我们还有高铁。"

　　几个印度人带着疑惑的眼光看着我,我拿出下载在手机里的图片给他们看,并告诉他们在中国,大部分的城市像他们的新德里和孟买。我知道这两个城市是他们的骄傲,是这个国家最具有现代气息、最富裕,和国际接轨的城市。当然我的话里有炫耀的成分。说实话,孟买的美丽,不是我们能赶超的,那种饱含历史的痕迹是我们没有办法做到的。英国人在这里留下太多的痕迹,那些哥特式教堂、建筑以及本国历史文物,比比皆是,这样的历史遗迹,全印度随处可见,这也是印度让人着迷的原因之一。

　　在很多国家,人类纠结地生活着,大城市的人向往返璞归真的生活,贫穷落后地区的人们强烈地向往城市生活。在这种巨大的反差里,很少有人去审视自己拥有和存在的空间,更不谈珍惜和爱护。过度的物质发展和欲望，将历史的遗迹碾为尘土。而在这种氛围里生存的人类，聚集了更多财富的同时，心灵无所依托，滋生出这样或那样的问题。

和印度人打交道，没有什么防御、理智，他们非常"三八"，同时也接受你的"三八"。如果你是一个爱耍宝的人，在印度你可以找到众多的志同道合者。因为他们非常乐于附和各种耍宝方式，常扎堆看热闹、起哄，有时旁观者比事主闹得还开心、厉害。

正当我们聊得起劲，走过来一个牛高马大的大肚子女人，看肚子形状，估计要生了。

走过来的女人向躺在卧铺上的男人要钱，从她毫不见外的态度上看，我以为是男人的妻子。只是觉得这个女人太过于强悍，嘴唇上长满浓密的绒毛。

男子似乎不愿意给钱，嘴里低声嘀咕着，大肚子女人大力拍打着男人的肩膀，嘴里也叽咕着什么，声音粗重，看样子似乎不满意，男人最后心不甘情不愿地给了几十卢比。

女人又转过头来找我要钱，我好奇地看着她，没有给钱的意思。让我百思不解的是：这个大肚子女人，听声音分明是男性，还长了喉结，但是那个裹着纱丽的肚子显示她就要生了。

见我不给钱，只是好奇地盯着她看，其他人也没有给钱的意思，女人便在我肩膀上重重地一拍，继续伸手找我要。我肩膀被她拍得疼痛，心里非常窝火，打定主意坚决不给钱。女人仍站在我面前，大大咧咧地伸着手，嘴里嘀咕着。这时有人示意她走开，似乎因为我是外国人的缘故，有人站出来帮我说话。女人在我肩上又重重地拍了一次，嘴里叽叽咕咕地走了。

我好奇地问拿钱的男人，这人到底是男人还是女人，几个人哈哈大笑起来，有人告诉我：不是女人。

喔！原来是人妖。可是人妖怎么能生孩子呢？我的疑问又引来哄堂大笑，他们告诉我，他的肚子里没有 baby（婴儿）。

车厢里的气氛因为人妖的出现变得有些沉闷，大家不再说话，我因为被人妖打了两巴掌，心里窝着火，也不作声。

在印度，人妖被叫作"海吉拉斯"，意为神的舞者。过去，"海吉拉斯"有着很高的宗教地位，经常为皇室、贵族和军队跳舞祈福。后来随着人妖队伍的逐渐庞大，现在的"海吉拉斯"已不再像"神的使者"一样纯洁了，发展成了一个非常复杂的社会群体。以前，在婚丧场合，"海吉拉斯"都会来跳舞祈福。后来由于这个群体自身藏污纳垢，人们不再相信他们充满法力，在婚嫁场合不再请他们来跳舞祈福。可是，他们还是不请自来，如果不给钱，他们就会诅咒主人家的后代会和他们一样。没有人愿意接受诅咒，所以大部分的人给钱了事。我在德里居住的那家旅馆的老板，就被人妖索要了几千卢比。

我在德里是要住在外国人扎堆的 Main Bazaar（主集市）。

集市入口有很多旅馆，房间一般，价钱却不便宜。见我背着包找旅馆，身后总有人跟着，要帮我找旅馆，我知道这是吃回扣的掮客，有他们在，你永远不要想找到便宜的旅馆。在印度这是让人非常讨厌的事情，背包客身后总会跟着帮你找旅馆的人，他会告诉你这个旅馆是他家开的，其实，狗屁！这些人就是想从中吃回扣而已。我可不想在他们身上白白浪费钱。在我的严厉呵斥下，几个跟屁虫终于不甘心地离开了。

可是即使没有了跟屁虫，德里的旅馆价格还是让我咂舌。

瓦拉纳西的房价是 500 卢比一天，有 Wi-Fi，无热水。

克久拉霍的房价是 200 卢比一天，有 Wi-Fi，有热水。

阿格拉的房价是 350 卢比一天，有 Wi-Fi，无热水。

我对住宿的要求不高，有 Wi-Fi 和热水就好，在我几乎走遍了整个集市，再三比较之后，才找到一家装修中的旅馆，是比较便宜的价格，700 卢比一天，没有热水。没有热水就没有吧，在印度炎热的气候里，水管里流出来的已经是温水了。走到德里，我的整个北印度之行已经结束，从这里我要开始往南走了，一路向南，天气越来越热，印度三月的天气，已经开始热浪袭人了。

换铢风波

来到德里，我身上的美元已经所剩无几，我需要取钱。可是打开钱包才发现，那张放在身边备用的信用卡怎么也找不到了，只有一张中国的银联卡静静地躺在钱包里。这让我欲哭无泪，印度行程才过了一半，没钱怎么行。千万别指望从国内请人打款过来，过程曲折漫长不说，还不一定能收到。好在天无绝人之路，我恍恍惚惚记得，在印度有三个城市是可以用银联卡取钱的。赶紧打开书查吧，果然，在德里有家 HSBC（汇丰银行）可以用银联卡取款。

可是寻找 HSBC 是件非常困难的事情，地图上小小的一个图标，放在现实中，花了三个多小时，问了若干人（包括银行的人）才找到。被问的人大部分非常热情，很多人还亲自站在大街上指着某个方向说：一直往前走，再往左拐或是右拐就到了。

好吧，再往前走，再左拐或右拐……然后会发现什么也没有。再问人，说不定这人会让你往另一个相反的方向走。即使拿出书上的地图请别人看，还是没有人能告诉我准确的位置，不要责怪他们无知，印度是文盲人口最多的国家，文盲率高达80%，据说只要能写出自己的名字就会被归入那剩下的20%。我一边云里雾里地寻找，一边忍不住暗骂多事的印度人，这些家伙太热情了！热情本身不是错误，我就是一个很热情的人。问题的关键是：很多不知道的人，都会热情地假装知道，还煞有介事地帮助你。

在我围绕着地图上所标的那个区域找得心里冒火、两眼无神、步履蹒跚时，路边 HSBC 映入眼帘。这真是"踏破铁鞋无觅处，得来全不费工夫"，或是"山重水复疑无路，柳暗花明又一村"……我一边在心里把我会背的描写这类状况的诗词复习巩固了一遍，一边兴奋地冲向取款机。

我以为 HSBC 是一家很大的银行，可是到跟前一看，就是一个取款机房而已，一个保安坐在房间里，安静、警惕地看着我。怪不得问了很多人都不知道，实在是太小、太不起眼了。

我大约算了一下后面的行程，大约要七八万卢比吧。我担心后面不能再取钱，干脆取十万卢比得了，反正用不完还可以换回来。如果不够，后面用钱就麻烦了，我非得到有银联取款机的城市去。

可是钱取出来后，我傻眼了，我怀里抱着大大的一摞钱。

在印度，卢比的最大面值是一千。我以为只要把卡放进去，就会出来面值一千的卢比，可是我想错了。

钱是出来了没错，可是出来的卢比，除了一千面值的，还有五百和其他面值的卢比。

银行是这样搭配的：每取两千卢比，从取款机里会出来一张一千面值的、一张五百面值的，剩下的全是一百的了。人家这种人性化的服务，对我来说却是一个灾难，这意味着我要带着厚厚的一包钱在印度四处乱跑。

我一边把钱放进包里，一边警惕地看着好奇地盯着我的保安。估计他在想：这个愚蠢的中国女人，难道不知道不能带这么多钱到处跑吗？

我是知道的！不仅在印度，在全世界都不能。似乎全世界的人都知道中国人出门会带大量现金，也因此，在某些国家，中国人成了被抢劫的目标。有个笑话说的是中国人住旅馆，旅馆服务生说："其他国家的人的钱我找不到，可是找中国人的就很容易，只要打开他们睡的床垫就可以了。"

这听上去是个笑话，可是我却真实地体会到它的存在，我在国外，开始时，也会习惯性地把钱放在床垫下面。直到后来看到这个"笑话"。这是一种根深蒂固的习惯，好比有些人存私房钱，总要把钱放在身子底下压着，心里才有安全感。如果把这种习惯归结为历史原因，那是因为贫穷的中国人，当时没有到银行存钱的习惯，那时也无钱可存。好不容易有了点钱，只能放在床垫底下。现在来看，我觉得以前是因为没有用上现代的科技手段，再加上当时大部分出门旅行的中国人还不习惯用银行卡和旅行支票，因为这容易产生高昂的手续费和不安全因素，而且旅行支票在我国购买和使用都很麻烦，于是国人出门就习惯带大量现金，成为被犯罪分子盯着的高危人群。

我背着厚厚的一包钱，警惕地盯着值班的保安，在钱的面前，最说不清楚的就是人性。我有个朋友告诉我说："不要相信人在钱和性方面的谎言。在钱面前，能经受得住它的诱惑的没有几人。在性那里，裤子一提，你可以什么都不认。"他的话我觉得有失偏颇，但此时，当我抱着厚厚的一包钱，独自在印度，身边又没有一个男人的时候，我真的相信这话。

我要把包里所有的一百和五百的卢比换成一千的！可是却没有银行愿意换这么多给我，他们的借口是：他们没有这么多一千的卢比。

有些银行直接不换给我，有些只肯换几千。在跑了几家银行后，我终于控制不住心里的怒火，直接对银行经理吼道："为什么不行，我是在印度的取款机里取的钱，我一个女人，带着这么一大包钱，满印度到处乱跑，这非常危险，为什么你们国家的取款机里出来这么多零钱，让我处于这种危险之中？我如果有什么事情，是你们的责任，银行不就是为人民服务的嘛，如果你们不换给我，我要给你们总部打电话投诉。"

我认定了一个道理，零钱是从他们的取款机里出来的，换成整的也是他们的义务，虽然他们不是同一家银行。

当我说到银行是为人民服务时，我内心有些羞愧。我这句话是从国内学来的，我们从小就被灌输了为人民服务的理念。不管真服务还是假道德，总之，我们真心地希望某些机构真的能为人民服务。

英俊的银行经理（真的必须承认，印度高种姓的人，真好看）无辜地看着我，虽然旁边有背枪的警卫警惕地站着，只等银行经理一句话，就会把我像拎小鸡般丢出去。

那个开始对我说"No"的英俊男人，耐心地听完我发飙后说道："请等一下，女士，我去柜台问问有没有这么多钱。"

我以为会被坚决地拒绝，我之所以发飙实在是觉得委屈，这只是一个只身在外的女人，当身处险地，无人帮助时发泄的一种情绪罢了，未必真想要什么结果。没指望经理听完我的陈诉后，改变态度。我习惯了有些人的嘴脸，当遇到人们发善心给的些许仁慈，反而不知所措！

咨询的结果是我能换三万。这让我喜出望外，尽管给我换钱的女人一脸不耐烦，我还是满心感动地对她说谢谢。临出门时，对那经理真心地说谢谢，私心里是想在他那帅气的脸上狠狠地亲一口，可是只敢想想而已。

不再担心钱的事情，开始计划我的德里之行。一路上，听到过德里的旅游者说，他们对德里的印象不怎么好。我不明白为什么。我得自己去看看，明天我想去总统府。

德里分为新德里和旧德里，差别巨大，如同老上海，一江之隔有着天壤之别。

总统府在新德里。非常幸运的是，我遇到了礼仪阅兵仪式。

我对"突突车"司机愤怒地竖起中指

总统府在平时是对外开放的，很不巧的是，今天不对外开放。一些国家的元首居住地历史久远，成为旅游景点，对游人免费开放。

　　我失望地看着门口守卫的士兵，我不打算在这个炎热的天气里，明天再跑一趟总统府，我没有试图去说服他让我进去，因为我知道服从是军人的天职。可是我没有想到，总是有一些惊喜在等着我，因为士兵对我说："快点进去，你不能进入总统府参观，但是你可以观看总统卫队换岗仪式。"

　　关于印度总统卫队换岗仪式，我在《孤独星球》上没有看到，在我所见到的任何关于印度的游记上都没有记载。而在今天，在我不能参观总统府的日子里，我有幸能参观到印度总统卫队换岗仪式，算是老天对我的一种补偿吧。

　　在印度我见到了两次总统卫队，第一次就是在这里，第二次则是在印巴边界。

　　我发现印度的总统卫队很有趣，除了俊美外，他们似乎都是肌肉男，每个人站出来，总感觉他们的胸膛里充了气体似的，胀得鼓鼓的。后来在阿姆利则的印巴边界，我有幸近距离观看了士兵的表演，才发现，他们真的是吸进了很多气体，让自己的胸膛鼓起来，这样看起来很魁梧，很有气势。

　　总统府外有一条漂亮笔直的大道连接着两公里以外的印度门。印度门是印度人的骄傲，不过我觉得真没有什么看头。

　　在德里待了两天之后，我有些明白为什么很多人不喜欢德里了。新德里太过于现代，充满商业气息。旧德里又太过于肮脏和贫穷。在一个充满商业气息的社会里，贫穷的人们充满对金钱的渴望，印度人特有的善良和淳朴在这里淡了很多。更让人不能忍受的是，这里的消费太过于"内外有别"。

　　但是我仍然喜欢德里，即使刚才鄙视地对"突突车"司机竖起我的两个中指，我仍然抗拒不了对德里的喜欢。

我想去新德里最大的商业中心看看，书上说，那里有印度国营商店，里面有中国人最喜欢的东西——小叶紫檀。

德里的"突突车"司机，总是漫天要价，谁让你长了一张外国人的脸？在被几个司机漫天要价后，我终于忍无可忍地朝向我索要 500 卢比的司机竖起了中指，骂道："Son of Bitch！"（混蛋）我这是被逼急了，昨天，从那里回来打表才花了 50 卢比。

我敢开口骂人还有一个原因，这几天 Main Bazaar 有几个背枪的警察巡逻。这全是因为，有对骑自行车游印度的瑞典夫妇，在一个荒僻的小树林露营，结果女人被七八个男人轮奸，身上的两千卢比也被抢劫一空。美好的印度游，变成了他们人生的噩梦。他们的悲惨遭遇，弄得大家草木皆兵。这一路走来，我充满了警惕的防范，变得越来越强悍了，整个一女汉子。是的，独自走在印度，不能那么淑女，更不能有太多的柔弱。你得独自面对许多突发事件，所有的事情，只能靠自己解决，所以我必须强悍。

刚骂完司机，我转身叫了一辆人力三轮车。我还在和三轮车夫费劲地交流（蹬三轮车的苦力，因为没有受过教育，几乎不会说英语），一个肥胖的"突突车"司机走过来，倨傲地对三轮车夫说："走开。"看来，这些"突突车"司机们是要欺行霸市了。可是我就不，我的钱我做主，我爱坐谁的就坐谁的。

在三轮车夫无奈地准备离去时，我一把拉住他对胖司机说道："应该是你滚远点。"

可是人家司机就是不滚，不滚都不说，还涎着脸说："女士，他不懂英语，我可以帮你，你给 400 卢比，好吗？"好家伙，你懂个英语就要我 400 卢比。

我用更加倨傲的神情对他说道："你滚开。"我坚持让他滚远点。我已经被"突突车"司机弄得满肚子火。见不能说服我，"突突车"司机恶狠狠地瞪着三轮车夫，目光里满是威胁的意思，尽管两人体格看上去差不多，但气势上，三轮车夫弱了很多。虽然我在替三轮车夫争取利益，但他只是在旁边一言不发地看着，既害怕强势的"突突车"司机，又不甘心到手的鸭子飞了。虽然我怒其不争，但我心里很清楚，低等级甚至是等级之外的贱民是无权也不敢和高等级的人争执的。虽然这个"突突车"司机的等级未必高到哪里去。

三轮车夫的懦弱，激发了我骨子里保护弱者的本能，我跳上三轮车，拍着车夫的肩膀大声说："快点走。"我让三轮车夫赶紧离开。

哎！可怜的三轮车夫只敢把屁股斜斜地坐着，根本不敢蹬车。我气得指着"突突车"司机大声呵斥道："滚开。"我突如其来的呵斥让"突突车"司机吓了一跳，他终于心有不甘，悻悻地离开了。

车夫充满感激，对我点头，他微屈了腰，一脸的谦卑。

在印度像这样懂得知恩图报的人并不多。昨天那个"突突车"司机，在擦伤我的脚后，不仅不送我去医院，还非常夸张地找我要车钱。见我不给他，还满脸的委屈。我当时郁闷得真想找块豆腐砸死他算了，我没找他要医药费，他居然有胆找我要车钱。不过我不要是我自己的事情，人家的思维和我一点都不一样，我不要医药费，不等于我可以不给他车费。

　　我要去的这个商业中心叫 Connaught Place（康诺特广场），是德里最大的百货购物中心，是最大的但不是最豪华的。我不是喜欢逛商店的女人，无论在国内还是国外。除非遇到很有特色的小商品，才会偶尔进去逛逛，面对琳琅满目的商品，我基本只是"飘"过……可是我喜欢小叶紫檀，这种喜欢有点近乎变态，而且莫名其妙。还在国内时，有朋友从印度给我带了一小串小叶紫檀的佛珠，让我欣喜若狂，爱不释手，天天戴着。现在自己到了出产地，不买就觉得太委屈我这变态的嗜好了。

　　当我好不容易找到这家国营商店，满屋的小叶紫檀使我的神经亢奋起来。我贪婪地流连在用小叶紫檀做的工艺品中间，贪婪地呼吸着紫檀发出的香味，毫不在意营业员猜忌的眼光。在这里，你根本不用担心会遇到假货。全世界的小叶紫檀基本都是产自印度的，价格相对于国内出奇地便宜。在印度，这家商店非常值得一来，除了小叶紫檀外，还有各种充满印度特色的、古香古色的高品质工艺品，让人心生爱意。我所有因为打车产生的不快此刻都烟消云散，印度就是这样一个让你爱着、恨着、快乐着、无奈着的地方。

　　喜欢小叶紫檀只是我的个人爱好，我之所以要提这件事情，是因为我要寄东西回国，其中有各种波折。

邮寄风波

　　我要寄回国的是一扇古香古色、充满印度特色的檀木门。
　　怪我多事，我把木门照片发给国内朋友，这下不得了。这些木门，不仅雕工古朴精美，而且价格便宜，国内的比这里的要贵近十倍。这让朋友垂涎欲滴，让我问问能不能寄回国，问的结果是能。

商店的人告诉我，从印度能寄东西到中国，只是我得自己找邮政公司寄。好不容易找到一家邮政公司（在印度，只要提到去哪里找某某，我就头大，地方是存在的，只是总有人热心地告诉你错误的地方），人家拿出计算器东算西算，给出一个天价：12 万卢比。

朋友不接受这个价格，我也不接受。买檀木门只要 20 万卢比，邮寄费比商品价格的一半还多。不寄就不寄吧，还少了些麻烦，不过我天性热情、多事，最后还是把这扇檀木门折腾回国了。

这源于我和旅馆老板聊天的结果。

旅馆老板 Kewal 每天早上十点后出现，他的工作就是负责收钱，帮顾客订各种票。当他听我抱怨昂贵的邮寄费后，立即安慰我说："不要急，我可以帮你。"

我诧异地看着他说道："你又没有开快递公司，我已经跑了几家，价钱都差不多，莫非你自己开了快递公司。"

Kewal 笑着递给我一张名片，上面写着他的经营业务，简直是包罗万象。我知道印度人不会放过任何一个赚钱的机会，我并不相信他真的有开快递公司。

果然，Kewal 说，他不通过快递公司给我寄，他自己有贸易公司，可以从海上给我寄到中国，费用只有空运的三分之一，4万卢比。

朋友接受了这个价格，并把钱汇到我户头上，我又得去

HSBC 那里取钱，不过这次是一次性花掉，我不用换整钱。

当商店的店员和我一起把那扇精美的木门运到旅馆时，引来一群看热闹的旁观者。许多人围着木门品头论足，有些人还用手在上面磨蹭。我真的很担心那些粗糙的手划破漆面，留下些划痕。

我请 Kewal 帮我找几块布把门包裹起来。这个要求在商店就提了，可是人家说，没有外包装。

我以为所有的邮寄程序会和国内一样，有结实的包装，然后签单走人。可是完全不是。

Kewal 答应找人把木门包起来，可是，他只是口头答应，我在德里待的一个礼拜里，那扇木门始终赤裸裸地立在收银台后面。

Kewal 连安排他的员工帮我找点木头做个箱子的意思都没有，尽管我再三要求，愿意另外加钱。印度人等级分工很严明，打酱油的瓶子决不能装醋，各岗位员工之间不会彼此插手，"万金油"之类的人在印度是稀缺的。

最后，我请 Kewal 帮忙找些木头过来，我自己做个箱子该可以了吧。可还是不行。Kewal 慢条斯理地告诉我，不要急，一切都不会有问题的。

我还是急，我要亲自看着木门装箱，最重要的是我要看着木门被运走。

Kewal 总有很多理由拖延我的请求：要么是工人已经在路上了，有事又回去了；要么是今天是什么节日，没有人上班；要么就是大家都非常忙……看着他懒懒散散的样子，我急得不行，因为这个木门，我已经在德里多待了一个礼拜。我必须要离开。

看着我焦急不堪的样子，Kewal 信誓旦旦地安慰我说："不要担心，你只管去别的地方，我保证在你回国之前可以寄到。"

永远不要相信印度人的誓言，在我看来很简单的一件事情，最后还是被这种"不要担心，保证寄到"的承诺弄砸了。

我实在不明白可以建造出泰姬陵、雕塑、木门等精美艺术品的印度人，在日常生活中，怎么连个箱子都弄不好？

20 万卢比，连同运费，24 万卢比，不管是在印度还是在中国，这都不是小数目。我开始懊恼自己的多事，只是事情做到这个地步，只能寄希望于 Kewal 了。我不得不离开，不管这扇木门有多昂贵，始终是身外之物，我接下来的印度之行，不能因此受阻。

别了，德里，别了，木门。也许我在此付出了昂贵的代价，以后做事要三思而行，不能光凭一时的热情了。

在我懊恼不堪地离开旅馆时，尽管 Kewal 一再安慰我没有问题，我仍然倍感沮丧。出门时，一个人重重地撞到我身上，这是一个全身散发着刺鼻香粉味的女人。

我吃惊地看着鱼贯而入的三个女人，这些人表情不善，一言不发地站在柜台前，看着 Kewal。刚才还对我一副笑嘻嘻模样的 Kewal，此刻脸上布满乌云，一言不发地递给他们一叠钱。

接过钱，几个女人从我身边鱼贯而出。我总觉得气氛诡异，小心翼翼地问脸色阴沉的 Kewal，他们是谁？

"海吉拉斯。"Kewal 面无表情地说。

我继续好奇地问道："你给了他们多少钱？"

"三千卢比。"

"为什么你一定要给？"

"这些人不能得罪。"Kewal 无奈地摇摇头。

我也无奈地摇摇头，每个人有自己的原则和信仰，我不相信"海吉拉斯"，这却是印度人生活中必须要面对的，这是他们生活的一部分。

然而并不是每个印度人都害怕"海吉拉斯"的诅咒。

在旅馆楼下的一家店铺门口，刚才要钱的"海吉拉斯"站在那里。一个高大的男人满脸不耐烦地站在店门口。僵持了一会儿，男人还是没有给钱的意思。"海吉拉斯"开始在鼓声中围着他跳起舞来。男人不为所动，后来干脆转身进商店，不再出来。

围观的人很多，我拿着相机给他们拍照。见有人拍照，几个"海吉拉斯"跳得更卖力、更妖娆了，对着我的相机做出各种撩人的姿势。

这三个"海吉拉斯"，比我在火车上遇到的那个猛兽型的"海吉拉斯"要好看很多。如果不仔细看，几乎以为他们是女人。

虽然我还想看热闹，想跟着这几个"海吉拉斯"一路招摇。可是不行，我必须离开，我的下一站是阿姆利则。那里有更多的精彩和未知等着我。印度太大，而我太小，要看的东西太多，要经历的事情太多。

德里，别了，虽然很多来过的人不喜欢这里，我却留恋。

那个每天一看见我就笑嘻嘻地喊我买他的酸奶的小伙子，在知道我离开时，满脸遗憾地送了我一杯。

那个在德里红堡门口有个小酒窝的苦行僧，在和我聊天后，一再叮嘱我第二天去看他。

那个帅气、淡定地面对我的坏脾气的银行经理。

那个因为我在非参观日去总统府，见我一脸沮丧准备离开，却让我赶紧进去观看总统卫队换岗仪式的士兵。

……

这一切让我有太多的不舍！

昨天晚上，我被一阵柔和的歌声吸引进一家酒吧，似乎是一支乐队在这里驻唱。男人、女人的歌声非常动听，不过消费也贵得惊人。

酒吧客满，我花 50 卢比要了一瓶可乐，四处找位置。歌池的前面，两个男人的身边有个空位置，我毫不知情地坐了下去。

很快，我就发现不对劲，两个男人，不停地拿出千元大钞，有人立即接了递到歌者的手里。两个男人分别递着钱，速度很快，基本一分钟一张大钞。这哪里是来听歌的，分明是炫富烧钱。我有些明白，我坐的这个位置的特殊性了，这是有钱人烧钱的地方。我在思量着要不要离去，心里是想多听听美丽女孩柔和的歌声。

我轻声问两个男人："我可以坐这里吗？"

我一厢情愿地想，估计这是他们的位置了，不会再有人来坐这里，如果他们同意，那我就能在这里安安静静地听歌了。

可这是我的想法，大约十分钟后，有人拍我的肩头，并递给我一张消费单。

我摇摇头，指指我 50 卢比的可乐，然后继续听我的歌。旁边的两个男人也为我说话："她是我们的朋友，让她坐这里。"

侍者疑惑地离开，可是没过一会儿，他又来拍我，因为自始至终，我没有向台上的歌手贡献一个卢比。人家要用这个位置挣钱，我不能占着茅坑不拉屎。这次我没有坚持，尽管两个男人让我继续坐在那里，我还是抱歉地离开了。

我提这个事情，是因为这一路上，我总能遇到善良的人。有人说这是因为我是女人，男人们对待女人总是要心善一些。

不可否认，这话有一定的道理，但不全是这样。我觉得用一颗开放的心去接纳别人，去善意地对待你所经历的人和事，并把自己当作他们中的一分子，自然会得到信任和认可。

当我微笑着面对世界，整个世界对我也是微笑的。这也是为什么许多人不喜欢德里，而我在经历了各种事情后，仍然爱她的原因。如同在恒河边，当我接过"巴巴"递过来的茶，从那时开始，我已经打开自己的心，也因此得到认可。也是这份开放和认可，让我行走印度时，充满了快乐。

我要踏上我的南印度之行喽！

第 7 章

奇妙的
阿姆利则

Chapter 7

　　有些事情真的是很奇妙，我在德里的旅程是从遇到"海吉拉斯"开始的，又以"海吉拉斯"结束。我去阿姆利则是为了看锡克教的金庙，我在德里的最后旅程里，是一位锡克教大叔把我送到了火车站，看似偶然的事情，冥冥中似乎有天意！

意大利人小法

　　一路走来，总能遇到不同类型的人。

　　独自行走，最大的好处是自由。想怎么走就怎么走，想停留多久就停留多久，顺从自己的心意，不必顾忌别人的感受和喜好，做自己就好。

　　只是凡事都有另一面，独自行走也有不利的一面，有时难免会感到孤独。

　　不是每一个行走天涯的背包客，都有满怀的激情和充实的生活。每个人都有这样或那样的故事。初入印度，认识秀逗，她是个"见面熟"，在火车上，短短几个小时就可以和人结交；恒河边遇到小林，他一路上结识了很多天涯海角的朋友；在泰姬陵和 Prince 一家共度了甜蜜的三天；在德里，虽然也接触很多人，但是没有谁可以和我一起短途旅游，没法分享我一路的感受，我感到寂寞了。

　　人是社交动物，离开熟悉的氛围久了，难免会怀念那些旧人、旧事，难免会孤寂，难免会思念。当然也有人例外，小法就是这种例外的人。

　　德里有两个火车站，一个是离我只有五分钟"突突车"路程的新德里火车站，另一个在旧德里，在很远的地方。

　　离开车还有一个半小时，我不慌不忙地到了火车站。因为有几次乘火车的经验，我知道怎么在印度乘火车了。简单地说，和中国一样，在大屏幕上看你的车次在哪个站台，然后找到站台指示牌，甚至哪节车厢停什么位置都标注得清清楚楚。

　　可是，我在新德里火车站的大屏幕上，把眼睛都看痛了也找不到我的车次。问车站的工作人员后才知道，我的这趟列车在旧德里，乘车花 150 卢比可以到那里。

幸亏我早出门，时间来得及，赶紧走吧！

可是一大群围住我的"突突车"司机，一个比一个心狠。有人喊 300，有人喊 500。"哈哈"，我在心里笑了起来，前几天，我已经朝一个对我喊价 500 的司机竖起了我的中指，现在我决定再来一次。

于是，我伸出两只食指，指着地下，鄙视地对他们说："你们全都去死吧。"没有人去死，这群人仍然疯狂地围着我漫天要价。对于他们来说，被骂算得了什么？有钱赚才是王道。

终于我忍无可忍，张牙舞爪地扒开这群如狼似虎的司机，往前冲，身后他们在那里乱嚷着"女士，女士"，并跟着我。

在印度久了，你会习惯任何方式，你会由开始的小心翼翼、不越雷池一步到敢朝他们骂娘。我第一次骂人，是朝一个拼命想带我去购物的"突突车"司机。

当我告诉"突突车"司机我要去哪里时，他一个劲地问"然后呢"，见我哪里都不去，漫天要价。我忍不住骂了句"Fuck you！"我之所以敢骂人，是因为，我曾亲耳听到一个漂亮的欧洲妞表情痛恨地骂一个"突突车"司机"Fuck you！"而"突突车"司机一点反应都没有。估计他们是被骂习惯了。于是我知道可以用这种方式无所顾忌地向他们表达愤怒。

印度就是这样一个让人爱着又厌烦着的地方。

在我冲出重围往前走时，突然一个高大的白胡子大爷出现在我面前，他手一伸，威武而庄严地挡住了我身后那群对我穷追不舍的"饿狼"。

"多少钱？"我现在关心的是价钱。

他伸出两个指头在我脸上晃悠："200 卢比。"还好，不离谱。

"150 卢比。"我毫不犹豫地还价，这个价格是车站工作人员告诉我的。

"好的，没问题。"白胡子大爷痛快答应。

我坚信世上好人多。即使天已经漆黑，即使车的方向是往郊外行驶，我仍然相信我遇到的是好人。

白胡子大爷是一个锡克教教徒。锡克教教徒从小就接受严谨的教义，他们生活自律，不犯罪、洁身自好，教众团结互助。这也是为什么在印度这么漆黑的夜晚，我独自一人心安理得地坐在车上却没有丝毫胆怯的原因。

我的潜意识是准确的，半个小时后我安全地到达旧德里火车站。

这是一个干净、整洁的火车站。地板干净得可以照出人影。其实，印度火车站大部分都蛮干净的。很多人席地而坐，或是躺在地上。我放下行李，就地坐了下来，拿出相机抓拍过往的行人，看"神仙"过路。

小法出现在我的相机里，见我拍他，便一动不动地摆了姿势站在那里。当我照完后，他走过来问道："你是中国人？"他说的是流利的普通话。

天啦！我有多久没有听到中国话了，异国遇乡音，那份突如其来的亲切感让我激动得一跃而起，我结结巴巴地问道："你是中国人？"

我问得很白痴，站在我面前的明明是长着一副高鼻凹眼的洋面孔，其实我要问的是："你会说中国话？"

他回答我："不，我在中国待了九年，会说中国话。"他的中国话说得比我这个南方人流利很多。

我邀请他和我一起席地而坐。

小法很喜欢说话。

这个瘦削的意大利人，说起话来手舞足蹈。从和他的交谈中，我知道了他的国籍、爱好、职业。和小法相处，我变成了印度人，我连小法婚否都弄得清清楚楚，估计小法在印度待久了，也不排斥我的询问。小法是他在中国做翻译期间为自己取的中文名字，现在他为一家美国通讯公司在印度做市场调查，也就是说他可以假公济私，把印度走遍。

小法是意大利人，可是他根本没有意大利人的浪漫情调，他是那种体型瘦削、穿着随意的男人。我在 S2 车厢，小法在 S1。上车之后我早早地爬上我的位置，这个时候我已经困顿不堪，不想和任何人吹牛聊天，不知小法来找过我没有？管不了这么多，睡吧，晚安！

阿姆利则是这趟火车的终点站，我不用担心错过站，只是一路上有人上下车，吵吵嚷嚷，再加上我乘的这个等级的车厢没有铺盖，晚上冷得不行，一晚上我基本处于迷迷糊糊的状态。

清晨，当我完全清醒时，我发现：我乘的这节车厢，只有我一个人了。心里暗暗庆幸，昨晚没有听别人的建议，把我的大包放在下铺底下。如果那样，我估计今早起来大包的影子都看不到。

大家都害怕在印度遇到小偷或被性侵，可是很奇怪，这一路上，我遇到几次骚扰，但是小偷？真没有遇到。我认识的好些游客也没有遇到。我在想这是不是和我们过度的戒备有关？

　　我懒懒地坐着，一个年轻的印度男人走了过来，在我对面坐下。看那架势是找我聊天。我和善地对他笑笑，便眼望窗外，不再说话。

　　只是我拒人千里之外的身体姿势，没有赶跑印度男人，他仍然坚持对我"查户口"。在印度待久了，每天总要被很多人"查户口"，我用开始的不知所措到礼貌回复，再到最后的不理不睬，来应对这种"热情"。

　　从被印度人围观到"哈啰"不断，那份总被打扰的情绪从开始的好奇，到最后的厌恶，我如今正在一点一滴地感受着。昨晚几乎一夜未眠，十分困倦，只想一个人待着，不想理睬眼前搭讪的男人。

　　可是人家偏不让我安静待着，在"查完户口"后，又问我来阿姆利则干什么。得知我来逛金庙，又热心地告诉我有免费的巴士可以到金庙。

　　我知道金庙有供外国人免费吃住的地方，却不知道有免费的巴士到达那里。突然之间我有种进入"共产主义"的错觉。

　　这时小法走了过来。一晚未见，他一过来就抱怨到："我一分钟也没有睡，好多人不停地说话、不停地唱歌，闹死了。"

　　我何尝不是一夜未眠，凌晨四点不到，有人在唱经。阿姆利则是锡克教教徒心中的圣地，到此朝拜的教徒远道而来，因兴奋而唱歌，昼夜不息。用歌声表达兴奋也算是人之常情吧。这一路走来，每天都能听到虔诚的教徒的各种唱经，待在这样的氛围久了，心里慢慢地有一种尊崇和神圣的感觉。也因此，这里的动物充满灵性。我在德里，看见几个"药鬼"在光天化日之下注射毒品，旁边一只大白狗满身庄严，引颈抬头地和着经书吟唱。注射毒品的猥琐人群和庄严唱经的大白狗，在斑驳的树荫里，在神圣的唱经中，构成一幅奇特的画面。印度人相信轮回，相信来生。此情此景中的大白狗，让我心生疑虑：它的前身是否是一个虔诚的教徒？是否投胎时依稀有些记忆，重复着前世的行为？或是今生此刻以这样的方式感化那几个迷茫的瘾君子？

小法一脸疲惫，夸张地嚷嚷着要马上休息。不过到站后，小法建议买后天离开的车票。在印度买车票要提前两三天，否则很难买到。有一种叫Takta booking（安全预订）的方式，可以提前一天买到火车票。

这种方式适合旅程有变化的人，只是要交10%的手续费。

印度有很多令人费解的地方，Takta booking是其中一项。正常预订没有，加10%的手续费就可以搞定。只是我们到达售票窗口太早了，尽管我和小法说尽好话，人家仍然坚持十点才开始营业。

离十点还早，疲惫不堪的我们只想找个床铺美美地睡上一觉。

出了站台，果然在离车站不远的地方有一个黄色的巴士站，看着长长的队伍，我和小法互看一眼，义无反顾地朝"突突车"走去。

金庙是锡克教教徒的圣地，修建过程中使用了大量黄金，外国人在这里可以免费吃住。

不过寻找免费住宿点，颇费周折。

有人将我们带到一个很干净、类似办公室的地方，那里的人却告诉我们没有免费的住宿。有个小伙子建议我们住附近的宾馆，五六百卢比一天，很便宜，我想我们是遇到了骗子。有时候真搞不懂印度骗子是怎么回事，总把别人低估成低智商。不过估计他们的骗术总有成功的时候，要不，怎么会有这么多的骗子？就像在德里，我找个路人问路，他却把我带到了一家旅行社。印度骗子有很多套骗术，不过好人也多，这种情形在哪里都有，需要你有雪亮的眼睛、警惕的头脑和开放的心。记住，开放非常重要，这可以让你融进当地人的生活，感受到他们不同的生活方式，但是安全更重要。

小法常年行走江湖，他一脸淡定地告诉小伙子："我不想住五六百的宾馆，我只想住免费的房间。"

小伙子一脸无辜地说："没有。"

小法说："肯定有。"

小伙子很认真地问："谁告诉你的？"

我忍不住笑，说："全世界都知道。"

小伙子摇着头说："不，不，不，你们被骗了。"

我实在忍无可忍，用中国话对小法说道："我们走吧，不要和这些骗子浪费时间。"

小法一边走出那间好像办公室的门，一边说："印度骗子就是多，我找个人问问，不过得找寺庙里的人问才行。"

结果，他问到了存鞋处的白胡子大爷。所有锡克教的男人都留着浓密的大胡子，用头巾包着头发。所以，在这里我们可以看到无数有着浓密黑胡子和白胡子的男人，如此多的大胡子男人，我这辈子还是第一次看见。

进入印度的寺庙是要脱鞋的，我没为此准备多余的袜子。我经常像印度人一样，光着脚逛寺庙，所以经常在逛完寺庙后，脚底黑魆魆的，污秽不堪。好在一路走来，穿了双拖鞋倒是非常方便。

估计白胡子大爷是存鞋处的义工，他不仅非常耐心地听小法说完，还安排了另一位和他胡子一样白的男人带我们前往。

专供外国人住宿的地方，就在金庙左斜对面，地方不大，外间的大通铺上可以容纳十几个人。还有一个可供洗澡的房间。左面有四间独立房间，每间的通铺可以容纳四五个人。

世界各地来此观光的老外们，在此做短暂停留，行色匆匆，彼此互不认识，见面多是一笑。

我们到得早，还没有空出来的床位。

我不担心，大不了打地铺。

好在独立房间有两个日本妞很快就要离开，小法在外间也找到一个床位，我们总算安顿了下来。

出门在外，不要把自己当女人，不要指望别人能帮你做什么，打理好自己，不要给别人添麻烦。一般来说，一个群体会互相照顾，会排斥其他群体的人，所以即使你是一个单身女人，你也不要指望有男人发扬绅士风格照顾你。男人照顾女人不是天经地义的事情，每个人都消耗了大量的体力、精力，除非你真的困顿不堪而开口求助，才会有人帮你一把。电影上的那些绅士是理想的产物，如果怀着这样的心行走，你一定会心神俱损的。这是行走的经验，正因为如此，我在进入房间后，即使居住的环境恶劣，我还是很快把自己安顿下来，我不去理会小法是否有铺位，他也没有帮我的意思。

美美地洗了个澡，小法笑嘻嘻地嚷着要去吃饭，他说他饿得不行。没想到看起来瘦精精的小法，食量大得惊人。

当我们进入专供进餐的地方时，几百平方米的空间整整齐齐、安安静静地坐满了人。地上每隔两米就铺着二三十米长的塑料垫子，每个进来的就餐者不管是否认识，自觉地一个挨一个坐着，安安静静地等待发放食物。

坐满人后，有义工将食物分发在我们面前的锑盘子里，盘子是我们在进入食堂时，门口的义工发放的。

有人发面饼，有人舀粥，有人舀汤。发放食物的人动作迅速，无声。

粥非常香甜，是用牛奶、白糖、花生、大米之类的东西掺和熬成，我忍不住想，当年佛陀饿晕时，被人喂食的乳糜，是不是我今天吃的这种？

大约十五分钟后，吃完的人带着自己的饭碗迅速离开，偌大的空间除了工作人员，就剩下我和小法。

小法说他没有吃饱，还要吃。

有工作人员用宽宽的拖布将垫子间的空地打扫得干干净净，动作迅速。很快又有一批进食的人带着锑盘将位子坐满。

小法敞开肚子来吃。我东张西望地看着严肃而安静进食的人群，忍不住感慨！

像这样一次性可以容纳五六百人的餐厅，楼下还有一间。每轮吃饭时间约二十五分钟：五分钟打扫，约十分钟坐满人……每天从凌晨开始至晚上十一点结束。几百年来，从食物的清洗、加工、分发……全是由锡克教教徒志愿者完成。这其中庞大的开支来自哪里？

吃饱喝足后，我和小法都昏昏欲睡，即使富丽堂皇的金庙就在眼前，我们都提不起参观的兴趣。

　　小法决定饱睡后去印巴边境看降国旗。至于金庙嘛，我们明天有一天的时间可以看，因为我和小法在火车票代理处买到了明晚十点的火车票。

印巴边境看国旗升降

　　和小法在一起的好处是：他是一个"老油条"，知道什么事情可行，什么可以坚持，什么可以灵活应变。

　　有他在，我轻松了很多，不必朝"突突车"司机骂"Fuck you！"我变得淑女了许多，心安理得地跟着他走。

　　这不，我们要去印巴边境，他开始和司机们讨价还价。很便宜的价格，拼车一个人 100 卢比 60 公里。因为大多数的游客都知道这个价格，司机们也没有乱喊。不过小法对车型有要求，他要坐吉普车，而且只付一半车费，另一半回来付。跟着小法就是舒服，我连吵架的劲都省了。

　　印度和巴基斯坦边境，两国升国旗和降国旗的时间、地点一致，形成十分有趣的现象。

　　两国的礼仪士兵憋着劲比高低，居然憋出了世界景观。

　　印度国门和巴基斯坦国门相距约一米的距离，两扇门的中间是国境线。每天升降国旗，两国的士兵都憋出吃奶的劲，比谁的腿抬得高，谁站得笔直，谁更有气势。这有趣的现象被无数粉丝追捧，形成边境线上一道独特的风景，每天这个时候都有大量的粉丝从世界各地赶来观看。

　　到了边境，男女从不同的通道进入。小法让我不要走得太快，因为男人太多，移动的速度慢。可是小法一进入人群，马上就被人流淹没。即使他瘦高修长，我还是找不到他的踪影。

安检处的女兵把我全身上上下下、里里外外摸遍后，我安静地等着小法从那边的安检处出来，可是十多分钟过去了，我仍然没有看见他的影子。想想反正会在同一地点乘车回去，而且我也没有了初来印度和秀逗走散时的那种恐慌，便一个人随着人流朝边境走去。

边境的阶梯上，坐满了观看的人。没有人引导我，我试图找到小法，跑到男人队伍里去了。一个士兵挡住了我，他表情严肃地问我是哪里人。我不想和他东拉西扯，只是指指我的嘴巴，又指指耳朵，嘴里呜呜地哼着。天啦！我居然装起了哑巴，先声明，我事先绝没有意识要装哑巴，我只是不想在他身上浪费时间，临时起意而已。我无辜地看着士兵，一副很焦急的样子，不停地指着人群流动的方向，一边嘴巴呜呜地哼哼着。见我这样，士兵招手让不远处的一个女兵过来，告诉她我是一个有缺陷的人，让她带我到女士专席。心里有愧疚暗暗涌动，不过已经骑在虎背上，再想下来就难了。我无声地跟着女兵到了女士专席后，习惯性地向她道谢，她吃惊地看着我，我只能非常尴尬地向她笑笑。我到得比较晚了，当我爬上女士专用阶梯时，只能望见人群的背部。

空中有大喇叭播放的欢快音乐，震天动地。

看台下的空地上，有数十名女性随着音乐欢快起舞。负责维持秩序的女兵朝人群挥动着双手，鼓动着大叫："来吧，来吧。"跳舞的人越多越热闹，对他们来说是一种胜利。此刻巴基斯坦那边，阵阵音乐在空中飘荡。

　　不时有女性看客加入舞者的行列，我灵机一动，对挤在我前面的人说："让我下去，我要跳舞。"如果我试图从密密麻麻的人群挤到前面，那是妄想，但是如果是跳舞，情景立刻大变，那些曾经在列车上、巴士上抵死不让的女人们，自动给我让出一条路。

　　就这样我从看台的最后一排，跌跌撞撞地挤到空地上，一只拖鞋也不知掉在哪里。

　　跳舞的都是印度人，见我这个老外加入，有人拉着我的手和我一起舞动。舞曲的轰鸣、人群的呐喊……气氛非常热闹。热闹的不仅是印度这边，巴基斯坦那边也传来一阵阵声浪，我估计气势丝毫不比这边差。

　　原来两国要比的不仅是谁的仪仗队更有气势，还要比谁的人气更旺，谁更有人脉。

　　混在欢呼的人群里，跟着群舞、瞎叫……虽然我不是印度人，不能感受他们那种一比高下的狂热。但从他们欢快的笑容、肆意奔放的舞姿、绚烂纱丽下扭动的腰肢中透露出的愉悦，深深感染了我。

　　音乐终于停止，舞动的人群有条不紊地进入道路两旁引颈探望的人群，突然，人群尖叫起来，只见两名身着米色军服的女兵，神色庄重，大步流星地朝印度门走去。

　　紧接着，又有两名同样气势的男兵大踏步走过。动作迅速得看不清他们的样貌。

　　好在有一列礼仪兵停在我面前，我才来得及细看。哇！清一色的帅哥、大高个，个个都是人中精品。总统府的卫队已经让我大饱眼福，眼前的小伙子们丝毫不逊色于他们。

六个戴着像鸡冠花装饰的红色帽子的士兵，神情庄严、自豪。他们故意把胸口鼓得高高的，似乎有无数的力量聚集在那里，一触即发。这个姿势总让我想起大力水手。

士兵们卖力地跺脚，把腿踢得高过头顶，情形十分有趣。

可惜，看的人太多，我和小法（在我跳舞的时候，小法找到了我）只能看到面前士兵的情况，巴基斯坦那边的情形一点都不能看到。唯独看见两国国旗降落时，在夕阳下交错而落的画面十分美丽。

人群狂热地呐喊着，我兴奋地加入到呐喊的行列。只是像我这样愿意加入这份欢乐的人不多。我身边的洋人们，紧闭着嘴巴。这份竞赛和他们无关，对于他们来说，他们只是旁观者，保持中立就好。

我是那种活在当下，愿意追寻内心召唤去展现自己的人。也因此我在生活里常常是亢奋和充满鸡血的。一点点的喜悦和成就会让我高兴一整天，对于我，幸福是一件很简单的事情。有人说我要求幸福的指数很低。没车没房的，还敢肆无忌惮地满世界跑。我操心不了那么多，这些身外之物我虽然喜欢，但是比起体验不同的生活来说，我更喜欢把钱用在这上面。有一天，当我老了的时候，我可以一幅幅地翻看那些我曾经到过的地方的照片，慢慢回味那些我一路走来遇到的人和事。去过的地方越多，记住的风景越少，但那些感受是永远不能忘记的。我相信，只有开放自己，才能更多地融入当地人中，而不仅仅做一个看客。

过几天就是印度一年一度的胡里节了，那时举国狂欢，我期待着。

打了鸡血的
礼仪士兵

　　小法举着相机谨慎拍照。他用的是摄影界的老古董——胶
片相机。在数码相机横行的今天，他仍然坚持使用胶片相机。
高昂的成本，越来越难购买的胶卷，使得他每次拍摄都非常谨
慎，一定是反复观察、调试后才按下快门。而我是拿着数码相
机一通乱拍，不思构图、不顾忌光线……他拍得的几乎都是精
品，我拍了一大堆"到此一游"。

这不符合规则

　　回到住处，天已经擦黑，小法带我去一家西餐厅吃披萨。
我虽不喜欢，却也随大流。
　　小法不仅有个好胃，还是个"烟鬼"。阿姆利则有一个让
他非常不满意的地方：不能随便抽烟。
　　这个城市是锡克教的圣地，看不到喧嚣的酒吧、嬉戏的人

群。男人们神色端庄、不苟言笑。女人们温温和和、妩媚动人。

更让小法崩溃的是居然买不到香烟。不甘心的小法逢店就问，他这种"一路排查"的方法还真有效。居然有人偷偷从柜台底下掏出一个很小的黑色塑料袋，神情紧张地递给小法一包烟，又挥手示意他快速离去。我特意留意了小贩的长相，瘦小的样子，剪着平头，一看就知道不是锡克教教徒。

拿到香烟的小法，站在路边，急不可耐地准备就地解决烟瘾。可是他刚抽一支，马上就有人制止他。

小法郁闷地说："这个城市不太好，不能抽烟，我就不相信这么大的城市没有抽烟的地方。"

我安慰他说："我们回去吧，在住的地方抽。"

我以为小法会同意，我们住的那个地方至少可以在洗澡房抽，可是他干脆地拒绝了。

他说："那里绝对不行。"

小法的回答让我脸红。我忘了那里是圣地，根本不允许有抽烟的行为，哪怕偷偷也不行。

经过两天的相处，我发现，小法是一个很讲原则的人。他做事灵活，遵从行事规则，不行的东西，即使心有疑问，但绝不越雷池一步。

这不，人家的规则是不能抽烟，他虽然拿着香烟，但绝不点燃，他要在行不通的地方，找到行得通的办法，而不是硬来或是偷偷地做。

路边有家档次较高的酒店，小法推门而入。果然侍者告诉他说，可以在角落的吸烟区解决他的烟瘾。我坐在大厅沙发上静静地等着小法。

后来听小法说了他在这个城市的另一次吸烟经历。

那是第二天我和他分开行动时，他烟瘾发作。看到路边有一个当地人在吞云吐雾，小法赶紧掏出烟，当场效仿。可马上有人过来制止他，小法不干了，他指着路边正在抽烟的人问道："为什么他可以，我不可以？你为什么不制止他？我要抽。"说完小法点了一支烟，美美地吸了一口。试图制止小法抽烟的男人，无奈地看着抽烟的两个人，耸耸肩说："那你们抽吧。"

这段故事让我想起了我的英国朋友 Ken 在中国抽烟的事情。Ken 来中国看我，走在路上烟瘾上来了，准备当街吸烟。我告诉他说不行，他很生气地指着地上的烟头问我为什么。我只好告诉他，那是没有素质的人干的，Ken 还是坚持抽烟，并且满脸愤怒。

今天，听小法描述他的故事，我有些明白，对于他们来说，行或是不行，不是谁说了算的，规则要大家遵守，不能因人而异。

这个城市很少有喧哗，夜晚也没有什么可以娱乐的地方。只有金庙唱经的声音从喇叭里面传出来，从凌晨到深夜，响彻夜空。

川流不息的人流，除了朝圣的信徒和观光的游人，还夹杂了众多另类：窃贼。

在我住所对面的墙上的玻璃栏，粘贴着上百张照片，那些人看上去目光奸诈、神情猥琐。我看不懂上面的文字，但感觉这些人非善良之辈。果然，旁边一位黑胡子大叔，在我询问下很热心地告诉我，这些人不仅偷财物，还偷孩子。

在这片貌似祥和的圣地，实则暗潮涌动，存在着一些阴暗面。

我和小法在外面闲逛时，曾被一个当地警察狠狠地警告过。

一个持枪警察很威武地示意小法站住。我们有些发蒙，并警惕地看着他。只见警察煞有介事地拍了拍小法的胸口问道："你是哪里人？"

小法老老实实地回答："意大利人。"

警察指了指站在旁边的我，说："她呢？"

我自己回答："中国人，怎么啦？"

警察说："你们要小心，晚上不要到处乱逛，这里有很多小偷，会偷你们的钱。"他说"钱"的时候用了一个很重的音调。

我有些哭笑不得，开始以为这个警察要找我们的麻烦，所以满怀警惕地和他说话，原来是好意提醒我们提防小偷。联想起住所对面的照片墙，我相信他的话是真的，不过我私底下猜测他更想弄清楚，一个高大的洋人和一个瘦小的亚洲女人的关系。很多时候，印度人的好奇心是非常强烈的。

第二天早上，太阳晒屁股了，我才懒懒起床。由于睡的是独立房间，可以关门关灯，我美美地睡了一觉。小法就惨了，他没我这么好运。外间的通铺，人来人往不说，几个年轻人通宵达旦地高谈阔论，闹得他又是一晚未眠。当我喊他起床时，他把头蒙在被子里说："我不起，我要睡，你自己去，我不能陪你了。"

外国人来金庙可以有一席之地，本国的锡克教教徒来此可没有这么好的待遇。我们的住所外面是一个很大的庭院，夜晚黑压压的，躺满了人。天亮时，这些人悄悄地离去，并带走自己的垃圾。你根本看不出这里的夜晚，曾有数百上千的人留宿于此。

我一个人可以好好地游览一下金庙了。

锡克教的金庙富丽堂皇，寺庙顶是由黄金建成，其余部分全是由汉白玉建成。进入大门，左面是供吃饭的地方。义工将用过的锑盘丢在碗槽里，噼里啪啦地发出巨响。这座寺庙，除了喇叭里唱经的声音，最响的就是丢锑盘的声音了。

是什么让这个每天接待数万人的狭小地方如此井然有序？看上去貌似嘈杂，但每一项程序都在它运行的轨道上。

昨日睡满人的庭院，早上看不到一个躺卧的身影；专供老外居住的床铺，永远都是干干净净；每天数万人就餐的地方清清爽爽，看不到一粒剩饭……我好奇地步入他们的食物加工地。

只见上百人席地而坐，将面前的蔬菜（洋葱、西红柿）剁碎，有人将剁好的蔬菜拿到煮食的地方。几口硕大的铁锅冒着热气，有人拿着大棍子使劲地搅动着，柴火烧得极旺。做面食的妇女动作极快，每做好一摞，就有专门的人来拿走……所有的工作都有条不紊。帮忙的人，除了成年人，还可以见到为数不多的几个孩子。让我震撼的是：孩子们虽然很小，有的才七八岁的样子，但他们的表情严肃认真，做事一丝不苟。

是什么样的力量，让这项庞大且复杂的工程运转得如此简单？是爱？是责任？还是一份荣誉感？抑或是能简单地归结为信仰的力量？

我是国内一项公益活动的志愿者。我发现：当所有的人心中充满爱，有强烈的帮助他人的心愿时，每个人目标一致，这时的行动就会很迅速，不会有人计较个人得失，纪律性很强，有很深的团队意识。

人心一致就会有序，有序就会很简单。

从"大食堂"出来，我慢慢地向寺庙走去。

大家齐心
做一顿饭

　　这是全印度最奢华的寺庙，被誉为"锡克教圣冠上的宝石"，坐落在人工开凿的神池中央，一条长约 60 米的人工桥把寺庙和湖岸连接起来。

　　印度人相信在恒河沐浴可以进入天堂，锡克教教徒同样相信在神湖沐浴能被圣灵赐福。

　　许多男性穿着短裤将身体浸泡在湖水里，与在恒河沐浴不同的是，男女老少都可以在恒河里沐浴，而在金庙的神湖，我只看见男性自由自在地洗涤，妇女们无声地聚在一个角落，静悄悄地拂水洗脸、洗脚。

　　我很想进入金庙去看看究竟，不知那里面是否和外面一样富丽堂皇？不过眼前的场面让我望而却步，供女性进入的通道，黑压压的，挤满了人，蜿蜒数百米。算了，我还是离开吧，我不是锡克教教徒，只是一个想看稀奇的游客，没那么虔诚的心去瞻仰他们的圣灵，之前大壶节期间发生的惨剧让我总保持着警惕，最后我还是心有不甘地离开了。

回到住处，小法不在，两辆自行车引起我的注意。这是一对年轻的瑞典情侣骑自行车周游印度，我想起前几天发生的轮奸惨案，有些担心，便提醒他们注意安全。没想到当他们知道我是一个人游历印度后，反而善意地提醒我一路小心。心里有满满的感动，瞬间泪水盈眶。

小法回来时表情郁闷，我问他怎么啦。

小法说："我今天可能被敲诈了。"

原来小法出去吃了一个馕，没问价格，结果人家要价 50 卢比，在印度一个馕最多 10 卢比，有些地方才 5 卢比。

我让小法想开些，钱不多。小法说："这不是钱的问题，有些事情是关于原则，不能因为我是老外就敲诈我，这不符合规则。"

我问小法："在你的国家，外国人会受到这样的待遇吗？"

小法说："在意大利，没有人会因为你是老外就故意抬高物价，可能在个别景区，外国人买门票要贵些，但故意抬高物价的事情没有。"

在印度，人们对外国人抬高物价，这是普遍行为，但也不是所有的人看到外国人都会抬高物价。我只能安慰他以后先问清楚再消费，他点头认可。

今晚我要离开阿姆利则，去斋浦尔，小法要回德里办事，然后去普什卡。也许我们会在普什卡见面。

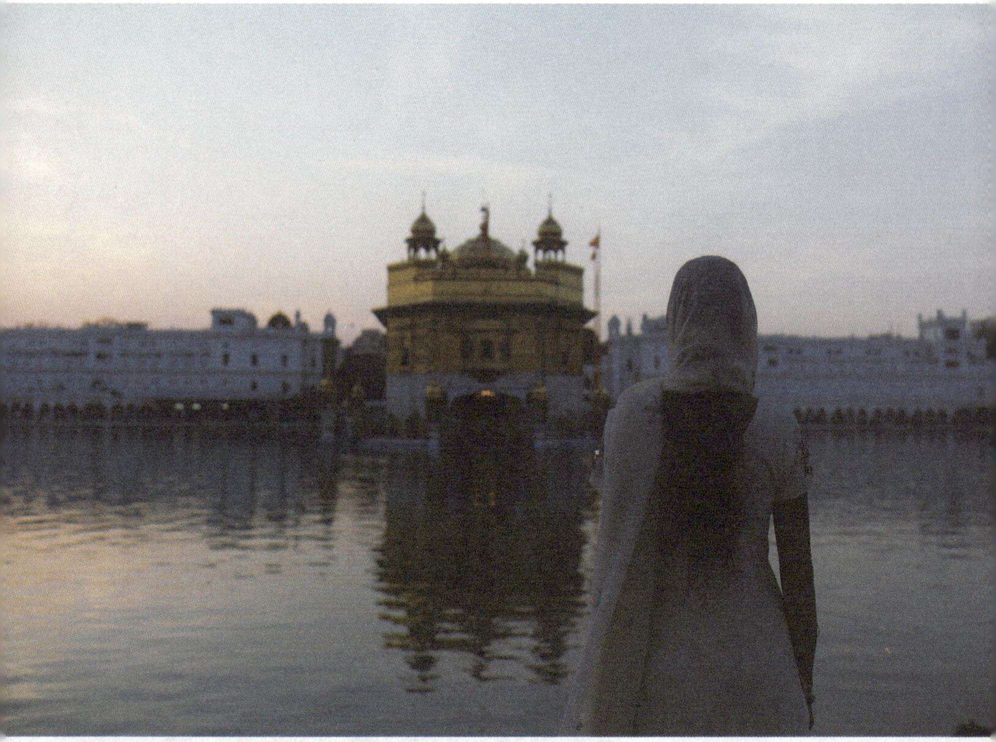

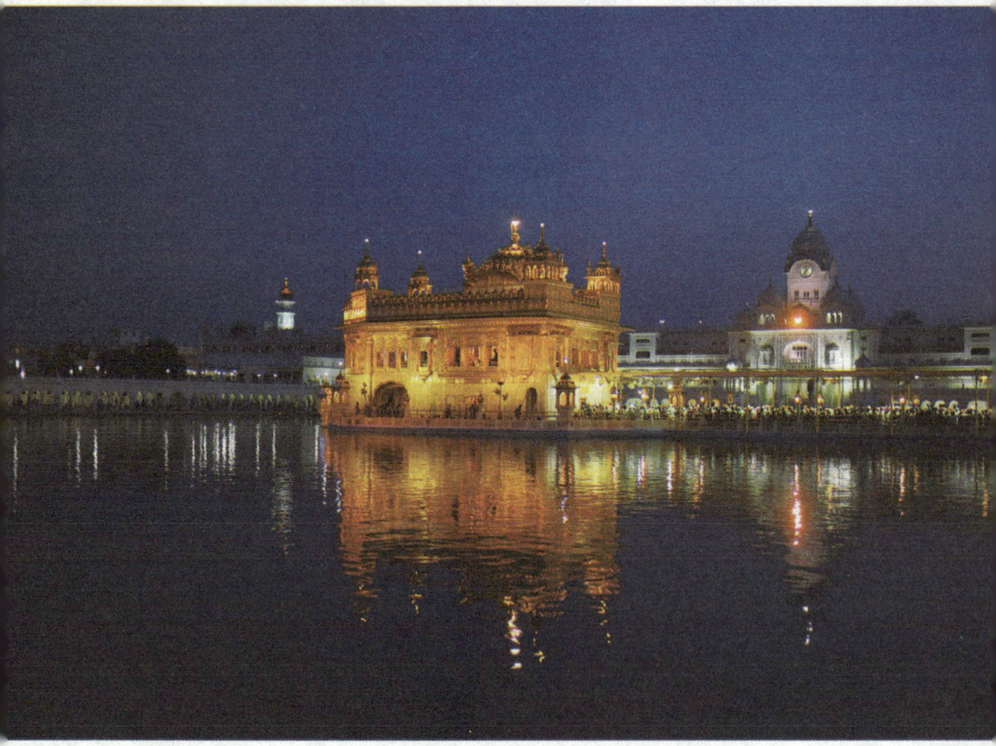

胆战心惊的
斋浦尔

Chapter 8

　　在印度乘火车，有件事让人感觉蛮奇怪的，那就是：有些地方，你等的那趟列车都要来了，你还不知道在哪个站台上车，更离谱的是临时更改站台。这种变动让人抓狂，火车逗留的时间又短，这让人无所适从。

　　让人无所适从算是好的，更严重的是因此发生惨案。前几天就因为临时更改站台而出了人命。

　　当时的情形是小法给我说的，他看到了被踩塌的天桥。参加大壶节的人，密密麻麻地站满了2号站台，谁知，上车时间到了，广播却通知大家到3号站台。人群疯狂地挤上天桥，不堪重负的天桥拦腰折断，十几个人白白地送了牲命。好在大壶节那几天，我听小林说了人多的"盛况"，安安静静地待在瓦拉纳西，没有经历那种场面。

住旅馆被跟踪

　　行走印度，我总觉得我的运气很好，虽然也遇到一些这样或那样的不快，但总的来说，我所遇到的善良的人还是很多。作为一个单身女人，我想大家最关心的还是我是否受到性骚扰，如果我说没有，那是假的，我会在最后把我所受到的骚扰忠实地呈现给大家。我在这里想说的是：独自在外，千万不要害怕，不要呈现出懦弱的一面，一定要满怀警惕，确保自己的安全。我这样说是因为我到斋浦尔时，已经是晚上十点以后，哪里都是黑魆魆的，很难看见路灯。在这样的情况下，我第一次体会了什么叫恐惧。那种恐惧感来自身体深处，是一种自我保护的本能反应，只想赶快逃离这里。所以印度之行，给我留下最恶劣印象的城市，不是很多人都不喜欢的德里，而是"珠宝之城"斋浦尔。我对珠宝没有任何兴趣，一是不懂得辨别真假，二是没钱！我是想看风之宫殿和城市宫殿博物馆！

　　我站在黑魆魆的火车站，心里有些茫然。印度的市政建设一塌糊涂，偌大的一个火车站，除了站台上有些微弱的灯光，哪里都是一抹黑。我犹豫着，走还是不走？一个人在黑魆魆的城市，我欠缺胆量。在德里，有天夜晚，一个女老外带着女儿走出洋人聚集的街区，就出事了。如果不走，意味着我得在这里待到天亮。暗处人影幢幢，似乎有无数双带着饿狼般饥渴的眼睛对着我垂涎欲滴。我对危险有着天生的敏感。不行，我得离开这里，马上！

　　还没等我离开，一个瘦精精的男人凑过来对着我热情洋溢地说道："噢，我的朋友。"神经病，谁是你的朋友？

印度总是有很多从游客身上揩油的男人，可是我无油可揩。我无意搭讪自作多情的男人，这种人无非是想找点中介费。在就业机会不多的印度，这是一些印度人的谋生方式。这其中骗子泛滥，我无从辨别此人的良莠，再加上此时天已漆黑，为了不惹麻烦，我唯一能做的就是不搭理他，并尽快离开。

可是"印度苍蝇"没打算放过我，不停地向我推荐旅馆和出租车。我紧闭着嘴巴，坚决不和他搭讪。虽然有只"印度苍蝇"跟着让人恶心，不过他无意中充当了我的保镖。黑暗中不时有人朝我靠近，都被他非常不客气地挡开了。他态度蛮横，挡开那些向我靠近、揣着各种目的的人。仿佛我已经是他的囊中之物，别人休想染指。

印度有个让人很无奈的事情，弱肉强食！不对，应该是弱者互相厮杀！这种为了生存而互相掠夺的情况，在我接触的苦力人群——三轮车夫和"突突车"司机之间，每天都要上演无数回。

很多次，我明明是准备乘坐三轮车，都遇到蛮横的"突突车"司机凑上来把人抢走。三轮车夫们几乎都是一声不吭，当作什么事情也没有发生。

三轮车夫这个低等级的群体既不识字，又不懂英语，好不容易拉到可以喊高价的老外，又无法交流，只能眼睁睁地看着认识几个英文字母的"突突车"司机把人抢走。

不过猫有猫道，鼠有鼠路，被逼急的三轮车夫想出了他们的"脑筋急转弯"。他们的方式就是：不管你到哪里，不管自己能不能听懂，不管你出多低的价钱，他们一律会说"好，好，好"。这是他们懂得的为数不多的英语，先把你哄上车，尽快逃离"突突车"司机的势力范围再说。

然后好戏来了，他会边走边问路人，他会请你告诉懂英语的路人你要去的地方，再由路人告诉他具体的地址。

至于价钱嘛，对不起，远的话他会喊得高高的；如果真的不远，你给多少他们也不介意。

"突突车"司机狡诈、霸道，三轮车夫也好不到哪里去，他们都企图把你带到购物的商店或是酒店，赚点回扣。在印度我花了不少的精力和时间与他们斗智斗勇。

走出车站，给我充当了十几分钟保镖的印度男人，见我实在无油可揩，在我走出车站后自动消失了。

偌大一个城市，漆黑一片，除了偶尔冒出来的被我严词拒绝的陌生人，很难看到一个人影。夜半三更（实际十点不到），我该怎么办？我该何去何从？我开始怀念和小法在一起时的安全感，开始后悔没有听他的安排，先陪他到德里，再一起到斋浦尔。小法不知道我极力拒绝他的建议的真正原因，我希望这一路上能遇见不同的人，经历不一样的事。

我喜欢和小法聊天，听他聊他的感受和见闻。比如他说在他的国家，他很讨厌和其他人交往，基本都是独来独往。他没有女朋友，和父母也很少联系，周围的人觉得他怪，不过他不在乎，这也是他愿意独自在异国他乡工作的原因。他说全世界的人都在等着一件事——等中国强大。我好奇地问他为什么，他说等中国强大到可以和美国平起平坐了，很多国家就会扬眉吐气，不受美国佬的欺负了。相似的话我从 Ken 那里听到过。Ken 来中国前，一直以为中国和印度差不多。在中国待了一个月后，他说，也许十年的时间，中国就能赶上美国。原来世界上有这么多的眼睛盯着中国，期待着世界格局发生变化。

现在小法不在，我得靠自己了。

如何在漆黑的夜里安全地离开，并找到住宿的旅馆，这是当务之急！

按照常理，火车站的"突突车"司机是不值得信赖的，除了喊价奇高，还不知道会把你拉到什么地方。

在离火车站不远的地方，有光亮闪动，门口有人流往来。灯光意味着安全，我背着大包，在暗夜中无数双眼睛的注视下，快步向那里跑去。

这是一家酸奶店，门前停了好几辆三轮车。

我特意选择了一个年龄看上去很大、很瘦弱的车夫。选他的原因是：如果他对我图谋不轨，我能拼斗。

这个城市让我有太多不好的感觉，我得时刻提高警惕。

可是选他也有坏处，他蹬车极其费力，让人于心不忍。不过最让我瞠目结舌的是，到了我的目的地，他居然自作主张，把我拉进一家看上去很有档次的酒店。没有经过我的同意，就把我的大包顶在头顶，不慌不忙地向酒店走去，似乎我一定会跟着他。

少来，即使我是个弱女子，即使夜已深，即使街上没有一个人影，我仍然毫不犹豫地拉住了我的包。

好酒店谁不想住，可是那得钞票说话啊！我兜里的卢比不是用来享受的，后面还有这么多的行程，我得精打细算。我阴沉着脸督促车夫继续把车蹬到大街上有灯光有酒店的地方。

可是我又被跟踪了。

一下三轮车，立即就有陌生男子上来问我要不要住酒店。

这是守在酒店门口，等兔子上门的"掮客"。只要你当着他的面进到酒店，他一定会跟着你进去，并给酒店的人示意你是他的客人。

他一直跟着我，每家酒店的服务员一见到我们进去，几乎都是一声不响地拿出一张价目表，上面都是上千卢比一天的房价。

我又饿、又累、又困、又怕，后面还跟着一个跟屁虫，有他在我今晚是不要想找到便宜的酒店了。背街地方黑漆漆一片，我根本不敢过去。难道今晚我注定要当冤大头吗？

天无绝人之路，正当我既不愿当冤大头又担心发生意外时，一间让我能接受价格且条件还不错的旅馆从天上掉了下来。

当时的情况是：我被跟屁虫追得像丧家之犬时，肚子不争气地叫了起来。管他的，先把肚子解决了再说。

路边有家烤鸡店。

我点了半只烤鸡，边慢条斯理地吃，边思量对策，跟屁虫没有进来，估计守在屋外。

我问老板，这附近哪里有便宜的酒店。

我是这样想的，如果他知道的话，我可以请他帮我叫个车，我直接过去，甩掉跟屁虫。

没想到，他的回答让我乐得差点笑掉大牙。只见他用手往餐厅的另一扇门一指说："这边走。"原来餐厅后面就是他开的旅馆。

哇！600卢比一天，有空调！

哈哈！吉人自有天相，今晚有惊无险！

明天我要去看"风之宫殿"，我在网上看过照片，美极了！

在城市宫殿跳舞

斋浦尔除了珠宝闻名，让它出名的另一个原因是它还有个很好听的名字——"粉红之城"。

据说，1876年，为了迎接英国威尔士王子的到访，当时斋浦尔的统治者辛格王公下令将斋浦尔的房屋全部涂成粉红色。在拉贾斯坦邦耀眼灼热的阳光下，粉红色的城市发出梦幻般的色彩。

"风之宫殿"是斋浦尔最著名的景点之一，砖红色的建筑吸引着游客的目光。之所以被称为"风之宫殿"，是因为站在宫殿的每个角落，都可以感受到有风吹过。

第二天一大早，当我怀着激动兴奋的心情站在这座宫殿外时，我以为我被"突突车"司机骗了。经过再三确认后，证实这里真的就是"风之宫殿"时，我感觉我被忽悠了。什么"风之宫殿"？明明就是开了很多窗子的一堵红砖墙！根本没有我想象中的恢弘气势，此时墙外边还立了很多竹竿，在进行维修。

更让我郁闷的是，我到得太早，人家要十点后才能进去，尽管我说尽好话也不能提前进去。

我漫无目的地围着宫殿转悠，没想到转到了旁边的一所小学。

我很随意地进入校区，没有受到任何人的阻拦。估计正在上课，不大的校区没有多少人。一个班级的门敞开着，孩子们席地而坐，几个孩子自由自在地进进出出，里面也没有老师。当我拿出相机准备拍照时，几个孩子很坚决地对我说"不"，并让我赶紧离开。孩子们看上去十岁左右，却对陌生人充满防备，这和我一路上遇到的热情洋溢的印度人形成巨大的反差。

　　印度实行的是义务教育，即使是低种姓的孩子，上学也不需要花钱，书本由国家免费发放。这样的好福利得益于他们的民主制度。各党派为了拉票当选，纷纷为数量庞大的低种姓人给出各种承诺。所以在印度，低种姓人享受免费医疗。这就形成一个有趣的现象，一些城邦，高种姓人为了享受这些只有低种姓人才能享受的福利，纷纷申请降低种姓。由于降低种姓的名额有限，有时候要求得不到满足，就会发生为降低种姓示威游行的事情。从这里看出，印度人的务实精神无处不在。我在想：在印度生活不用打肿脸充胖子，是什么样的人就过什么样的日子。普通人没有那么多虚伪、显摆，即使不富裕，慢悠悠的，做好自己就好。

　　等到十点钟，终于可以进到"风之宫殿"的内部，当我通过窗口窥视街上行人时，我无法体会当时那些嫔妃和公主们偷窥凡人的心情。她们身份尊贵，足不出户，却犹如被囚禁的犯人，只能通过从这个小小的窗口看凡人的生活来解闷。我在天地之间奔驰，从这个小小的窗口看到的景物乏善可陈，但这些景象却是她们当时聊以慰藉的娱乐了。

　　虽然"风之宫殿"让我满怀失望，城市宫殿博物馆却让我兴奋异常！

　　老天真的很有意思，在给你迎头一棒时，马上塞颗糖给你。让你痛苦着、快乐着，爱着、恨着！

　　城市宫殿博物馆离"风之宫殿"不远。印度给我的感觉是：到处都是宫殿、城堡、寺庙的古迹，历史痕迹随处可见。在印度，不用担心有人将神像的头砍了偷偷带走的事情，因为没有

体验公主的生活，
透过窗口窥探他人

市场，再贪婪的人也不会将念头动到古迹上去，何况他们相信举头三尺有神明！

进入城市宫殿博物馆，一阵悦耳的鼓声瞬间将我的血液点燃。在面对正门的宫殿大厅，七八个身穿白衣、头戴红头巾的年轻男子，围成圈站着敲鼓。我不知道他们在举行什么仪式，但是即使是举行什么仪式又有什么关系呢？激荡的鼓声里，我只想跳舞。

我冲进男人们的圈子里，他们冲我点头，鼓声瞬间激荡。我欢快地跳着，用我的肢体表达着我的喜悦，从来没有受过舞蹈训练的我，当在用心去感受这份激情的时候，非常神奇，我变成了舞蹈家。这种情形，在国内时我曾经历过。某次课程上，我的导师放了一段音乐让我跳舞，那个时候我忘了天地万物的存在，唯有我似一只林间精灵肆意飞舞……此刻，我似乎又回到了那个时刻，回到属于我的世界里，舞动我的生命！

有人加入和我共舞，有人拍掌，有人欢呼，不知什么时候，周围聚集了一大堆游客，两个印度小姑娘加入到我飞舞的行列，我们尽情地飞舞……欢笑和鼓声充斥着宫殿大厅，直飞天际……

直到我舞不动了，大汗淋漓的，才停下。我感觉有几道目光对着我，定睛一看，哇！中国人！一定是中国人，虽然他们没有说话，只是盯着我笑。但那份亲切的笑容，以及中国人骨子里共有的东西，让我非常确定他们是中国人。

这是一对来印度度蜜月的上海年轻人，两人见我舞得开心，只是羡慕地看着，并没加入。小夫妻俩，女的温柔可爱，男的俊美体贴，让人不胜羡慕！两人在网上订好了十五天的旅程，他们直接坐飞机过来，下一站去瓦拉纳西，和我的行程刚好相反。在国外遇到中国人，很多情况下能"见面熟"，可以浅浅地伴游一程。只是今天我连伴游的兴趣都没有，人家伉俪情深，我可不愿意当这个电灯泡。尽管女孩子满怀不舍，我还是在和他们游完城市宫殿后，决然地告辞了。

在斋浦尔还可以去琥珀堡参观宫殿、骑大象，宫殿我看得太多了，大象在尼泊尔和印度都骑过了，还是去普什卡吧。晚上我要离开。

离开前，我还是想去珠宝市场看看。斋浦尔盛产宝石，聚集着全国各地的商人。可是当我行走在街上时，背后总有人鬼鬼祟祟地跟着，这些企图行窃的小偷犹如苍蝇般跟着你，让人全身不自在。一次我在刚过完马路后，迅速回过身来，对正在跟着我过马路的小偷大喝一声："你想干吗？"做贼心虚的小偷吓得全身打了一个寒战，迅速掉头离开。从此我知道，再遇到窃贼该怎么打发他离开了。

逛了一圈，那些宝石店实在没有什么看头，我决定回去美美地睡一觉，养足精神离开。我买的是晚上的火车票，但这次我一点都不担心，好心的旅馆老板已经帮我安排了晚上去火车站的"突突车"。过几天就是胡里节了，我准备在孟买过，连去孟买的机票都预订好了。胡里节！全世界让人激动的节日里，除了巴西的狂欢节，泰国的泼水节等节日，还有印度的胡里节，想想心里就有小小的激动！在节日来临之前，先按照我的行程走吧！

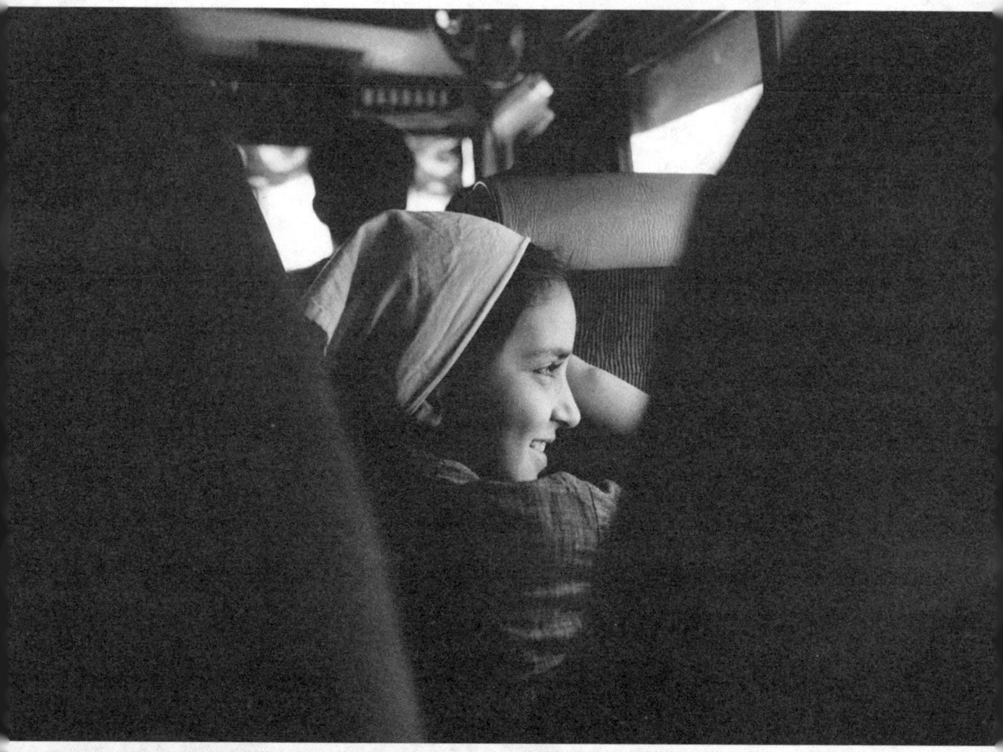

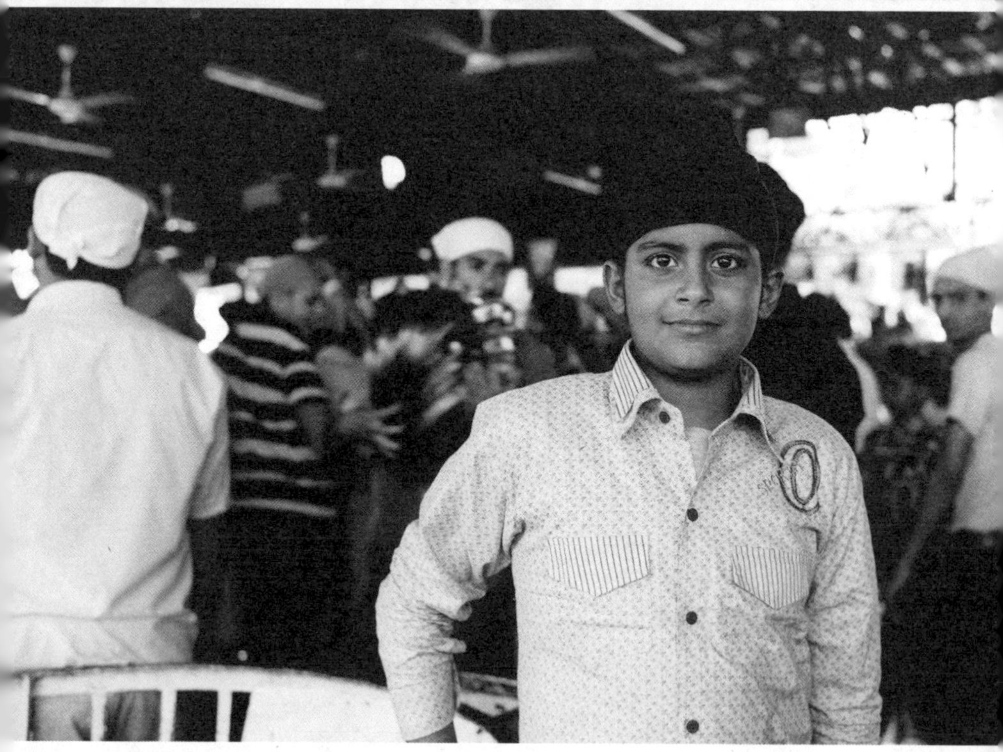

第 9 章

迷人的
普什卡小镇

Chapter 9

　　普什卡小镇是梵天的圣地，这里有全印度最大的也是唯一的一座梵天庙。看到这句话我就想笑，哈哈……唯一的一座，当然是最大了。

我被乞丐欺负之一

　　火车站离普什卡小镇还有相当长的距离，在我询问大巴车站时，两个印度男人热心地邀请我和他们一起坐巴士过去。

　　在我和他们聊天时，一个小女孩围着我要钱，我转过身不理睬她。

　　在印度，乞讨是一门职业。你给他们钱，他们并不会因此感谢你，他们认为，你经由他们做了好事，受惠的是你。如果你给了钱，立马会有一大群乞丐围着你，让你烦不胜烦。小女孩见我不给她钱，索性在我面前跪下磕头，她不停地用头碰触我的脚，这让我非常难堪。周围许多人无声地看着我，我哭笑不得，只能转身离开。可是小女孩抓住我的裤子，她站了起来，快速将手里的冰棍塞进我嘴里。那是一支放了大量颜料的廉价冰棍，小女孩的嘴唇已经被染得鲜红。尽管我迅速躲闪，还是有一些冰残留在嘴唇边。我恼怒地看着小女孩，见她眼里闪过嗫瑟。当时我真想飞起一脚，把她远远踢开。不是我欠缺同情心，而是可怜之人必有可恨之处！

　　好吧，我不能收拾你，我求助该行了吧？在印度，我经常被卖东西的小贩、乞丐围攻。我想这是因为我是单身女人，比较好欺负吧。好在当我向身边的人求助时，都能得到帮助。这次我又向两个邀请我一起坐大巴的人求助，果然，这两人对着小女孩挥挥手让她离开。小女孩不怕我，却很听这两个男人的话，在离开前，她带着戏弄的表情看着我，我心里感觉像吃了只苍蝇般堵得慌。如果她是成年人，我可以用呵斥来表达我的愤怒，我可以让她滚，可她是一个小孩子，我什么都不能做，也因此被戏弄，心里的窝火可想而知。

等了很长时间，大巴来了，人们疯狂地往车上挤的情形和我刚来印度挤火车有得一拼，男人女人一窝蜂地挤在狭小的车门，我只能望而却步。某些情况下，印度人和中国人是相同的。资源少，人口多，人们养成了"抢"的习惯，先下手为强。即使是现在的中国，也是如此。如果有人对此不以为然，那么看看小长假出游是什么状况吧！

两个开始邀请我一起坐巴士的男人，早已抢好了位置，不过他们也只能站着，两人在车厢里向我拼命招手，示意我上去，看着已经挤得像沙丁鱼罐头般的车厢和还在拼命往里挤的人群，我摇摇头，苦笑着挥手和他们告别。结果，我花了200卢比单独打了个"突突车"到普什卡小镇。

Ken说他不喜欢普什卡，因为这里让他觉得很孤单！他曾经一个人在路边坐了三四个小时，陪伴他的，只有路边那些温顺驯服的猴子。不过，小法说他想在普什卡多住几天，他说这里很简单，很轻松，地方又小，只管住着享受就是了。

两人的感受有如此巨大的差别，源于两人的性格差异。Ken害怕孤独，愿意和人相处，但越是这样，越找不到合心的人，也因为和我交谈甚欢，才不远万里跑到中国来看我。小法就不同了，他本身讨厌和人相处（当然和我是个例外，他说我热情、开朗、善良、简单，是他喜欢的类型）。一个人自由自在，很是舒服。我呢？因为性格开朗，一路上总能遇到这样或那样的人，我来印度真的很想走遍这个国家，四十天的行程，只能让我行色匆匆。我无法像小法那样，借着工作的机会，可以非常悠闲地四处闲逛。很多时候，我只能走马观花，在很多景点看看，做个"到此一游"！

普什卡有印度最大也是唯一的一座梵天庙。

梵天是印度教三大主神之一，在印度教教徒的眼里，他创造了整个世界，其地位相当于基督教的上帝、伊斯兰教的安拉，但他在造物之后就进入了冥想，把世界留给了保护神毗湿奴和破坏神湿婆，以至于在民间失去信徒，空有神位而不被膜拜。据神话传说，梵天在普什卡扔下三朵莲花，杀死了一只怪兽，解救了人类。其中三片花瓣在荒漠形成了三个湖，最大的湖位于普什卡小镇南面，并不算大，但也因此吸引了众多信徒前往沐浴。普什卡有四百多座神庙，但是供奉梵天的仅有一座，也是全印度唯一的一座梵天神庙。

由于进入梵天寺庙的人太多，门口有士兵守卫，所以分批让大家进入，我像当地人一样排队，赤着脚等待进入。我还必须把我的相机放在门口的箱子里，钥匙自己保管着。我实在担心在众目睽睽之下放进箱子里的相机的安全，在守卫再三保证没有问题后，我才心神不安地进入寺庙，谁让印度小偷名声在外呢！

梵天庙太小了，几分钟就可以逛完。我没有像那些信徒一样，除了供奉鲜花和大米，还供奉或多或少的钞票。我只是向梵天大神供奉上我的大米和鲜花，然后等待司仪在我额头点上白灰。这一路我太贪婪，凡是有祝福意味的白灰都要去凑个热闹。行走途中，我需要好运，我要平平安安地走完我的旅程，然后回到我的国家。一个年轻的男人非常热情地充当我的向导，他带着我按照顺时针方向一个神一个神地拜下去。当我们走到"林伽"雕塑旁时，他在这具硕大的生殖器上抹了一下后，就开始摸我的头发、额头、胸口和两边肩膀。完成这套仪式后，又让我照着他的样子虔诚地跪下，将头碰触在"林伽"上。我怀着虔诚的心，乖乖地跟着他做，一来我是想体验作为一个信徒的感受，二来只有这样才能被当地人接受，受到他们的欢迎，从而给你更多的支持和帮助。犹如我在西藏拉萨布达拉宫，遇到一位藏族大姐，她非常耐心地带着我进入布达拉宫，完成了全套礼仪。当我像她一样，五体投地对某位活佛行大礼时，看得出她非常开心。她不仅教给我藏族保佑平安的六字真言"唵嘛呢叭咪吽"，还和我约好第二天一起去逛大昭寺，再教我招财运的真言。可惜我这人没有财运，第二天去尼泊尔的护照办下来了，我只能食言，离开了。后来这六字真言，我在攀登尼泊尔安娜普尔纳，过最高峰顶时，还真的用上了。

我被乞丐欺负之二

从梵天庙出来，顾不得洗一下脏兮兮的脚底，我穿上拖鞋准备离去，带我逛寺庙的男人，热情地邀请我去他的家里坐坐，我没这个胆量。虽然渴望进入他的家庭看看，不过想想可能出现的意外，还是礼貌地谢绝了。

离开梵天庙，我独自一人在小镇上闲逛，那份悠闲自在的感觉十分舒服，我终于明白为什么很多洋人对普什卡情有独钟了，悠闲、清净、小巧，充满异域风情……

有男人走过来递给我一枝火红的大马士革玫瑰。

在印度，常有男人像他那样送一朵两朵花给我，并说一些赞美的话，无非是一些漂亮、欢迎之类的话，这让我感到愉悦，但今天的这朵玫瑰却让我心里堵得慌。

因为送我玫瑰的男人，让我带着玫瑰到路边的帐篷里去。我并不打算进去，在帐篷门口，我已经看清楚里面供奉着一座小小的神像，看不清楚是哪路神仙，我知道我又遇到了骗子。果然，见我不进去，他又生一计。只见他指着路边一个老乞婆对我说："给她照张相吧，她这一辈子没有照过相。"

乞婆似乎身有残疾，不能站立，嘴巴干瘪得只剩几颗黑乎乎的牙齿，胸部像布口袋似的，肮脏的纱丽蓬松地堆在她干枯的身体上，似一堆毫无生气的垃圾。

见我准备给她照相，乞婆面无表情地看着我。当我准备把照片拿给她看时（在印度，我给别人照了照片，总是要过去和别人分享），她不屑一顾地推开我的相机，伸出手，说："100卢比。"100卢比是一个穷人的十顿早餐！

我大吃一惊，吃惊不只是因为她找我要钱，还是因为她那低沉而浑厚的嗓音，以及喉咙部位突出的喉结，我知道，我遇到了人妖。

基于我在印度的经验，知道人妖不好惹，我只想赶快离开。没想到他一把抓住我的衣服，说："100卢比，钱，钱。"

我一把抓住他的手腕，正色说道："不要拉我，你不能这样。"

乞婆见我不给钱，干脆拉住我挂在脖子上的相机带。

给我玫瑰的男子在旁边笑嘻嘻地看着。一脸的幸灾乐祸。我急了，大声呵斥起来："放开我，我凭什么给你钱。"

乞婆仍然抓住我不放，口里喊着"钱，钱"。

围观的人越来越多，乞婆固执不放，我牛脾气上来也死活不给，我们就这样僵持着……

终于有人看不下去了，大声呵斥乞婆，说的不是英语，不过乞婆悻悻地松开了手，我则狼狈不堪地逃离人群。看来以后遇到送鲜花的，得谨慎了，"无事献殷勤，非奸即盗"，这话在有些场景是非常合适的。

后来我总结了一套对付乞丐的方法。

印度的乞丐是世袭职业，分为两种：一种是靠卖艺行乞，一种是靠两只手乞讨。乞丐很会欺负人，在印度我经常被乞丐和小贩欺负，因为我是一个单身且瘦小的亚洲女性，看上去好欺负，偏偏我瘦小的身子里有着牛一般的倔强和执着，虽然一个人行走印度，真被欺负的事情还没发生过。乞丐们是怎么欺负我的呢？对本国人，他们只敢伸出手，如果被呵斥，不敢多言，离开就是。对我却不是这样，我遇到过形形色色的乞丐。

上面说到的在梵天庙前被乞丐强要钱的事情算是我遇到的极致了，其他乞丐要好很多，不过让我最恶心的一次经历，就是前面已经提过的去普什卡巴士车站，一个小姑娘戏弄我的事情。

还有一次在德里，我被一群乞丐疯狂地围攻，从那次我就知道，在印度千万不要给乞丐钱，否则会有很多麻烦。

不要随便给钱，初到印度，就有人好意提醒过我，刚开始我谨记着，当到德里时，我居然忘了。这主要怪乞讨的小家伙有一双漂亮迷人的眼睛。印度还有一个特色就是：很多城市都是尘土飞扬！我悠闲地坐在尘土飞扬的马路边，看"神仙过路"。一个还在蹒跚学步的女娃走到我面前，小姑娘扑闪着有着浓密眼睫毛、黑宝石般的大眼睛静静地看着我，乖巧的模样，我见犹怜，仿佛我在阿格拉遇到的印度家庭的小女儿 Maji 就站在我面前。

我轻轻拉住她伸出的小手，那么柔弱。我的母爱又开始泛滥。我想把她轻轻地搂在怀里。是什么人？可以如此任性地让这个可爱的精灵出来乞讨，染上污秽的人生，我几乎忘记了那是他们世袭的职业。他们的命运，似乎从出生起就打上了种姓的烙印。我想起了《流浪者》里的一句话："贼的儿子永远是贼！"

小姑娘有些畏惧地往后退了一下，企图挣脱。我急忙拿出10卢比放在她的手里，见到钱，她安静下来，朝我灿烂地一笑。我竟然有些不舍，想把她搂在怀里，给她一丝关爱。

小姑娘极不情愿地挣脱我一厢情愿的怀抱，跑开了，不远处几个乞丐正往我这边张望着。原来小姑娘灿烂的笑容不是因为我，而是因为获得了钱。

我有些泄气，不再张望那个跑远了的小身影，继续看"神仙过路"。可是没一会儿，有人拉我的衣角，有人拉我的背包。我回过头，天啦！七八个脏兮兮、大大小小的乞儿把我团团围住，在他们身后还有几个同样向我伸出手的成年乞丐。

我立即明白，是我刚才的爱心泛滥给我惹了麻烦。

怎么办？不能给，坚决不能给，我哪里有这么多钱，更何况因为一个小姑娘就招来了这么多乞丐，如果再招来其他乞丐我咋办？

当然这是我夸张的想法，但不夸张的是：这些乞丐让我手足无措！他们把我团团围住，拉衣角、拉裤子、拉包，还有乞丐跪在我脚下，给我行大礼——亲吻我的脚。高个子的成年乞丐则把脏兮兮的手在我脸上晃来晃去。

我被吓坏了，除了手足无措，心里还充满恐惧。什么时候见过这种阵势？我紧紧地握着装钱包的裤袋，我感觉，已经有小手试图伸进去了。

如果我面对的是强悍的劫匪，我会倔强地斗争到底。可是面前是一群柔弱无助的孩子，是一群需要救助的弱势群体。当然这是我一厢情愿的想法，因为此时成为弱势方的是我。

惊慌失措、狼狈不堪、势单力薄，是我此时的最佳写照，我无助地看着在旁边看热闹的当地人，我要请求支援："请帮帮我。"我向他们求助。

旁观者对我无奈地摇摇头，我以为他们不想管，多一事不如少一事，谁都不会去主动惹麻烦。

如果他们不管，我会用我的方式还击。此时我已经被小乞儿们拉得东倒西歪，我心里已经开始愤怒，我准备把他们掀翻，实在不行我就尖叫。

还没等我发作出来，几个男人朝小乞儿们挥挥手，孩子们并不买账，仍然围着我吵吵嚷嚷。

于是，有人走了过来，表情不善地朝小乞儿们呵斥了几句。终于，那些拉着我的脏兮兮的小手从我身上撤离开了。

这样的经历有一次就够了，经历了这次的有惊无险，我学会了如何对付乞丐。

在斋浦尔，有人在我面前敲了几下鼓，然后伸出手找我要钱。我笑嘻嘻地看着他，并没掏钱。他有些莫名其妙地看着我，更让他莫名其妙的是，我开口唱歌。是的，我唱了印度歌曲

《吉米，来吧》，"吉米，来吧，吉米，来吧"，唱了两句，我手一伸，对着他说："给钱，100卢比。"他吃惊地看着我，一言不发地离开了。行走印度，最让人扫兴的是无处不在的乞讨者。急则生变，经历多了，我有了自己的对策。以牙还牙，这招非常管用。

后来在火车站时，几个小乞丐找我要钱，我也伸出手向他们要钱。估计他们觉得好玩，从没有哪个外国人这样对待他们。果然有个小女孩掏出10卢比给我。我毫不犹豫地拿了过来，放在兜里。几个小孩愣住了，他们互相看着，默不作声，然后突然全部跑开了。只是他们并没跑远，我装作若无其事的样子，用眼角的余光偷偷地打量他们。

几个小家伙在不远处叽里咕噜地说着什么，我知道他们不甘心。果然，不一会儿他们又跑了回来，这次他们手里居然拿了钱，是一张五卢比的纸币和一个一卢比的硬币。我毫不客气地接了过来，然后背起行李，假装准备走了。

哈哈，你们想戏弄我是吧！我倒要看看谁戏弄谁，钱在我这里，主动权就在我这里。

这下几个小家伙真的傻眼了，他们一动不动地看着我离开。习惯了找别人要钱，当钱真的被拿走后，却不知道如何保护自己了。

我只是捉弄他们而已，这些钱对我来说真是不算什么，16卢比，合人民币不到两元钱，但对他们来说却不是小数目，可以管饱，何况他们很难要到钱。

我故意走得很慢，等他们追上来。

他们中年纪最大的，一个十一二岁的小姑娘追上来，挡在我面前，她伸出脏兮兮的小手说："还我钱。"

我摇了摇头，说："对不起，钱是你们给我的。"

小姑娘说道："那是我的钱。"

我说："不对，那是你们给我的，给了我就是我的。就像别人给了你们就是你们的一样。"

小姑娘张了张嘴，却无言以对，估计她觉得我说得在理。第二次还是他们主动给我的，怎么能找我要回去呢？

看她无言以对却又心有不甘的样子，我无奈地笑笑，从包里掏出他们的钱递给她，还有我特意加进去的 50 卢比。

再后来，又遇到一个小乞丐找我要钱，我跟他说，我给钱可以，但不能跟其他人说，他点点头答应了。我悄悄塞了一个 10 卢比的硬币在他的手里。当另一个小乞丐跑过来的时候，他嘴巴闭得紧紧的，揣着钱的小手紧紧地捏着。跑过来的小乞丐疑惑地看看我们，又跑开了。

这样的方法，对成年乞丐也管用。在我要离开印度时，我和两个成年女乞丐达成共识，当然这是后面的故事了。

悠闲的普什卡生活

这个季节在普什卡小镇上闲逛非常舒服，小镇的集市小巧、精致，人不多。这里售卖的纯棉休闲衣物非常受老外欢迎，很多老外在这里买了大量的衣物回国。如果等到十一月，普什卡迎来一年一度的盛大的骆驼集会，二十多万人和五万多头骆驼涌进小镇，那个时候有胡子大赛、骑骆驼比赛、耍蛇活动……

把这里弄得热闹非凡。

我是一个喜欢往热闹地方钻的人，只是我来得不是时候，看不到那种热闹非凡的场景。不过我还是被眼前的景象吸引住了。两个男人牵着手，在大街上自由自在地行走，看那模样好像两个欢快的小朋友拉着手在街上走。只是这两个大朋友，一个又高又胖，顶着一个大肚子，另一个又矮又瘦，十分干瘪。两人十指相扣，好像浓情蜜意的情侣。

在印度，经常可以看到两个男人手拉手走在一起，几乎看不到男人和女人手拉手。千万不要误会他们，这只是一种很普通的友谊，如同我们在街上经常可以看到女孩子互相拉着手一样。印度是一个保守的国家，电影上连接吻镜头都不会有，所以在大街上男女拉手是犯禁忌的。不过，性犯罪又居高不下，真是一个奇怪的国家。

我在小法到达的当天下午离开了普什卡，小法非常喜欢这里，他觉得这里是非常适合休闲的地方，他要留下来好好享受一下。他不喜欢我这么走马观花地乱跑，他认为生活是用来享受的。像他这样的思维，Ken 也有，Ken 来中国时，我带他去峨眉山，他慢悠悠地走着，被导游催了无数次，当他目睹中国人不管做什么都在挤时，他非常反感，有一次，当他好不容易拦下一辆出租车，一个男人冲上来准备抢上去，他愤怒地大叫起来，差点抬腿给那男人一脚。

我也反感这种什么都要"抢"的生活方式，但我是在这样的氛围里长大的，也用这样的方式去教我的女儿。女儿是典型的慢性子，为此我们全家和她经常发生矛盾，家人总催促她快一些，这让她无比心烦。然而女儿和 Ken 却非常合拍，两人慢悠悠地走路，轻声细语地说话，很多时候我不得不停下来等他们，为他们占好位置，去抢出租车……我无法像 Ken 一样停下来悠闲地生活，在我身边充满了和我一样匆忙的人们，如果我不快点，真的做什么事情都没有我的份。

　　我仍然执意地出发了，下一站是焦特布尔。

第 10 章

蓝色的
焦特布尔

在印度，每到一个地方，都要花大量的精力和车夫讲价，同时也会发生很多冲突，我甚至被出租车司机骂脏话，当然这是后话了。

美好的一天从砍价开始

这次我运气好，当我在焦特布尔火车站和一个"突突车"司机争执不下时，一个印度帅哥很热心地帮助了我。

那帅哥和我一起等"突突车"，当车来时，我当仁不让地先抢了上去。没办法，我习惯了这样。

可司机要价 200 卢比，我气急了，大声对他说："滚开吧你。"旅行书上已经说 80 卢比足够了。

见我们发生争执，等车的帅哥过来凑热闹，不过他一开口我就知道他是在帮我。我一直相信世界上好人多，尽管我被印度人漫天要价，过境虚惊一场，被好色的男人"吃豆腐"，住旅馆被跟踪……我仍然相信世上好人多。

帅哥对司机说："你的价钱太高了。"

司机有些激动，他不说英语，印度有很多种语言，除了英语我什么也不懂。两个人开始用我听不懂的语言交流起来。

司机越说越激动，他不停地指手画脚，似乎在诅咒发誓。帅哥淡定从容，但一脸正色。我在旁边插不上话，只能拼命猜他们说些什么。

我是这样猜的：

帅哥说："你要的价钱太高了，那里又不远。"

司机说："不远？不不不，你不知道就不要乱说，她又不是你什么人，再说外国人的钱不赚白不赚。"

帅哥说："她是我什么人并不重要，你不能乱喊价，破坏印度人的形象。"

司机说："我向我的神发誓，我没有破坏印度人的形象。"

　　帅哥说："世界各地的人来这个城市旅游，现在已经有很多关于我们的负面新闻，你看现在来旅游的外国人越来越少了，你再乱喊价，没人来了，你怎么做生意？"

　　司机说："我知道，那这样吧，我少点可以吧？虽然我吃点亏，但是没什么，我更愿意多来些老外。"

　　帅哥说："那车费你要多少？不要太离谱了哈！"

　　司机说："100 卢比吧。"

　　果然，帅哥问我："100 卢比可以不？"

　　我很感激帅哥的帮助，不过我知道 80 卢比可以搞定，我心里已经接受了小法的理念，外国人不能被敲诈，这不符合规则。我毫不犹豫地用手比个八的样子说："80 卢比，我定的酒店离这里不到两公里，我只能出 80 卢比。"

　　司机无奈地同意了我的价格。

　　离开时，帅哥对我说："我非常愿意帮助你。"

　　我发自肺腑地向他表达了我的谢意！

　　我不仅要感谢他帮我砍价，还感谢他在这个陌生的国度给予我支持，这让我感觉非常温暖，正因为有很多像他这样的人，在这个负面新闻众多的国度，我才有勇气走完剩下的行程。

　　"突突车"司机虽然接受了 80 卢比的价钱，可是一脸的不情愿，一路上对我不理不睬。好在他言而有信，一路上有酒店的人向他招手，他都摇头拒绝了，把我带到了我要去的酒店。

　　焦特布尔又名"蓝色之城"，顾名思义这个城市是蓝色的。因为这个城市的富人太多了，有钱人都崇尚代表富贵和地位的蓝色，犹如黄色曾在中国代表了皇家一样，蓝色是传统印度最高贵的婆罗门家族的专属色，所以旧城区的房子都被涂成了淡蓝色。

在古代，有钱的土豪们斗富，都会竞相大兴土木，在砂岩上营造府邸，府邸都是精雕细琢。如今在旧城区，那一时期的建筑仍然随处可见，全都富丽堂皇，让人叹为观止。

我来焦特布尔是要看那时期最著名的梅兰加尔堡，城堡矗立在 125 米高的岩石山上，站在城堡上，可以极目眺望浪漫而有点忧伤的蓝色之城。

我住的酒店位于城堡旁边，旅行书上说环境不错，价格也不贵。

果然如此，我告诉酒店经理，我没有很多钱，但是我一定要住在这里，旅行书上介绍这里很好，经理答应了给我 700 卢比一天的价钱，只是没有空调。在酷热的夏季，没有空调是件要命的事情，可是为了省钱，我忍住了，这已经是我在印度住过的最好的房间了。他们在我住进去后，很不留情地在外面把空调关上了。

第二天一大早，和我一起游城堡的还有一对年轻的中国夫妇。两人似乎在闹别扭，彼此不说话。我话多，遇到中国人总觉得亲近，只是这次我是热脸贴了人家冷屁股。

我热情地和他们打招呼，男人当没看见一般，一脸漠然。倒是女人客客气气地和我说话，不过看得出来她有些落寞和尴尬。我一看就知道他们是闹别扭的小两口，估计还是新婚出行。两个人出门旅游，如果开开心心就一路愉快，如果两个人闹别扭，而彼此又个性强烈的话，那这趟旅途真的是生不如死。遇到这种低情商、闹脾气的男人，女人有的受了。两人一前一后地走着，气氛压抑得让我难受，在和女人告别之后，我快步往

城堡走去。

后来在城堡里几次和他们相遇，两人仍是一前一后地走着，并没交谈。男人一如既往地漠视我的存在，女人浅浅地笑笑，算是打了招呼。我无意再和他们相见，他们身上传递出来的那份尴尬和怪异，让我窒息。再后来，只要远远看见他们的身影，我就先避开了。今天的城堡之行因为这对夫妇的存在，我心里有些郁闷。

参观城堡有免费的耳机，只是需要拿护照做抵押。我当然要耳机，已经花了 300 卢比买门票，不想再掏一分钱。事实证明耳机十分有必要，虽然之前已经从网上和书上了解了城堡的由来，但是耳机里关于城堡的讲解更为详细，何况还有中文版，不是每个城堡都为中国人准备了中文讲解。耳机里，动人的印度音乐，一个好听的女声将城堡故事娓娓道来：从墙上弹孔的由来，到王公奋力抵抗外敌的侵略；从殉火葬的妃子们在门墙上留下大大小小的手印，到英雄们为了破除诅咒而自愿献身葬于城堡基地……如同有位导游陪伴着讲解。只是我可以自由自在地安排我的时间，而不用担心导游不停地催促。

印度有太多的城堡，每个城堡都有曲折动人的故事，我没有这么多钱，不能每个城堡都去参观，所以只能有选择性地去参观，如果遇到有免费的耳机，不听白不听。

耳机不花钱，可是拍照却要花钱。

在印度，很多景点是要收取照相费的，比如贾玛清真寺，我已经走到门口了，因为要收取照相费，我转身离开，即使它号称"世界上最大的清真寺"，但我已经参观了阿格拉的红堡，领略了清真寺的风格，我是不会为了同样风格的景点花钱的。

在买门票时，没有人提醒我要买照相票，在步行一公里后，参观完外古堡，进入内廷时，有守卫拦着我，让我出示照相票。我有种上当受骗的感觉，决定不买。

在国外旅游，遇到形形色色、不同种类的人，其中韩国人、日本人是我遇到最多的亚洲人。尼泊尔曾经是日本人和韩国人的后花园，后来中国人去的多了，这两国去的人反而少了。倒是日本人在印度随处可见，我曾经见过一本日本人编写的印度旅游指南，上面详细到酒店名称、设施、价格，还特别标注了哪些是日本人聚集的地方。我的整个印度之行就靠一本重达一公斤的英文旅行书到处游荡，一路下来，英语水平居然提高了不少。

我的飞机飞走了

我居住的酒店，屋顶是露天餐厅。夜晚，屋子里酷热难当，屋顶却是凉风习习，十分舒服。夜幕下的城堡在灯光的映衬下，显得庄重而森严，近在咫尺，似乎触手可及。三三两两的老外低声细语地交谈，只我一人占了一张桌子，给城堡照相，不过我并不孤单。

拉法尔是酒店的侍者，身兼多职，住宿接待、司机、餐厅侍者他都可以独当一面。拉法尔事务繁多，但绝不打扫房间卫生。专门打扫房间卫生的是一个看上去地位等级很低的男人，虽然他的个子很高，但他总是低眉顺眼地走路，并不见他和其他人说话。

拉法尔是个话痨，只要有空就在我身边聒噪。看得出这个精力充沛、热情洋溢的小伙子非常满意他现在的这份工作，对于他来说，这份工作体面干净。他拿出他的平板电脑，打开他的脸谱（Facebook），让我看他世界各地的好友，并让我加入他的好友群。当我告诉他我不能上脸谱时，他十分吃惊。我无法向他解释我不能使用脸谱的原因，最后给他留了我的电子邮箱。

我让拉法尔带我去有肉的餐馆吃肉，这一路上，除了在阿格拉和 Prince 一家美美地吃了一顿羊肉，我没有再沾一滴荤腥。能吃的只有鸡蛋，为了补充营养，一路上我狂吃了不少鸡蛋。以至于后来回国，好长时间我看到鸡蛋就反胃。

我极度馋肉！可是拉法尔不吃肉，他不仅不吃，更不知道这个城市哪里有肉可以吃。我极度郁闷地问他："拉法尔，你怎么可以忍受不吃肉？你家里的人吃肉，你怎么办？"

拉法尔很温和地笑着说："我的家人都不吃肉，我父母、姐妹都不吃肉，这个城市的人都不吃肉。"

我瞠目结舌地看着他，如果一个人、一家人不吃肉我可以理解，一个城市，乃至一个国家大部分地方的人都不吃肉，这让我震撼了！在印度，经常可以看到野生动物在离人不远的地方自由自在地待着，这是不是因为大部分印度人吃素？没有人对野生动物产生食欲，因而动物得到很好的保护。

不能吃肉就忍忍吧，也因为这样的忍耐，我回国后，居然吃不下大鱼大肉，油腥味重些，我也难以下咽，甚至还吃了几个月的素食，不过后来又恢复了吃肉的习惯。

拉法尔热情善良，每有空闲就过来和我唠嗑，在知道我除了参观这个城市的城堡，还没有去过其他地方后，极力怂恿我去农村看看。我担心安全，毕竟那对瑞典的年轻夫妇就是在农村的小树林里出的事情。拉法尔一再确保没有问题，他说一路都有人陪伴，根本不用担心，他认真的态度让我想起在尼泊尔的蓝毗尼，几个热情洋溢、告诉我不用担心的小伙子。

不过，第二天带我参观的不是拉法尔，而是面目阴沉、看上去不太友善的吉夫。我不喜欢吉夫，不仅仅是因为他总是阴沉着脸，还因为他和我聊天时，总在抱怨薪水太低，甚至找我要钱。

大部分的印度人是热情善良的，你只要愿意和他们交往，总能感受到他们的热情和善良，不过吉夫是个例外。拉法尔温和、阳光、善良，而吉夫阴沉、贪婪、满腹牢骚。

感觉我不喜欢他，吉夫阴沉着脸，不和我说话，我也懒得和他说，好在同行的还有两个台湾妹妹。去年，我在尼泊尔的安娜普尔纳徒步时，也遇到两个台湾妹妹锦萍和雅兰，当时我雇佣的背夫因为感冒担心高反（高原反应），不顾一切地丢下我走了，那些牛高马大的洋人无暇顾及我的遭遇，毫不犹豫地出发了。在暴风雪之后翻越 5300 米的雪山，跟不上大部队是一件很危险的事情。这一路上，我的给养和日用品都由背夫背着，我自己也背了不少的东西。背夫突然丢下担子，我陷入了恐慌。如果跟不上大部队，我只有往回走，因为要在暴风雪后翻越雪山，没有经验丰富的向导带路，无疑是自寻死路。关键时刻，雅兰和锦萍留了下来，雅兰用她流利的英语帮我问了很多人，终于帮我找到一个当地人做向导。锦萍一个劲地安慰我不要担心，她们和我一起走。锦萍瘦瘦小小的，不过毅力惊人，可快到山顶时，她严重高反，一边头痛，一边呕吐。她们的向导富有经验，坚决要求锦萍往回走。面对近在咫尺的山顶，锦萍呜呜地哭着，雅兰眼眶泛红。我心里酸涩难当，要知道，我们为了翻越雪山，已经在高山上走了十五天，眼见胜利在望，却不得不放弃。我能做的只是陪着她们，如同她们陪着我一样。天渐渐放亮了，锦萍还是没有好转的迹象，大部队早已走得不见踪影。向导坚决要求我们往回走，锦萍不同意，要等等看。她们两个人要求我先走，劝我不要因为她们而耽误了行程。我们哭泣着拥抱告别，我满怀感伤地继续前行。

感谢命运的安排，让我遇到这两个台湾妹妹，让我在遭遇困难时有她们像家人似的相帮。也许是老天注定让我们相遇，因为老天已经知道我要被背夫丢掉，所以，及时地安排了两个善良的台湾妹妹和我相遇，并给我帮助。如果没有她们的鼓励和等待，我一个人无论如何也不敢翻越雪山。好在后来锦萍和雅兰赶了上来，只是七个小时的路程，我们走了整整十三个小时。我在雪山顶上时，感觉自己饿得快要死掉了，塞了半个面饼在嘴里，却怎么也咽不下去，连喝水都倍觉艰难。我行走相当慢，心里只有一个念头：我是不是要死掉了？如果没有向导的支持，我自己独行的话，我一定会死在上面的。

当我遇到追上来的她们时，我突然明白了锦萍的想法，明知有生命危险，依然执着不肯放弃。精彩的生活和平庸的生活根本不在一个境界上。平安是一种幸福，但对有些天生喜欢冒险的人来说，平安而平庸地活着，是对生命的折磨。

今天陪伴我的也是两个台湾女孩。

因为锦萍和雅兰，面对台湾女孩，我倍感亲切。年长的女孩比较沉闷，几乎不怎么说话，倒是年轻些的女孩，一路和我有说有笑。吉夫最后还是忍不住了，一边开车，一边问我们说什么。

虽然他总是阴沉着脸，不是我喜欢的那种类型，不过我还是决定开他玩笑。我说我们觉得他开车的样子很帅。

高帽子谁都喜欢戴，果然吉夫的脸上难得有了些笑容。在我们聊得高兴时，他也不时地插上一两句话。

吉夫带我们逛的乡村地段，干净、舒适、悠闲。在印度干燥的气候里，牛粪很细致地糊在居民家的墙壁上和地上，不仅没有异味，坐在上面还十分清爽舒服，一些小型野生动物悠闲地游荡，人来了也不惊慌。有些孔雀挡住了人的去路，吉夫带着我们静静地等待它们过去，这一切让我心生嫉妒。在一座寺庙前，吉夫难得地给我们讲了一个关于这个寺庙的故事。寺庙的修建是为了纪念当时为了阻止沙贾汗砍伐神树而牺牲的妇女。

当年沙贾汗为了修泰姬陵，四处砍伐树木，这个村子的妇女拼死不从，她们结伴抱住大树，任由无情的斧头从她们的身上砍下去，三百多名妇女极其惨烈地失去了性命。沙贾汗也因此放弃了砍伐计划，树林才得以保存。我没有看到妇女们拼死保护的树林，但是这座寺庙和故事让我全身莫名战栗，在印度这个尊崇一切生命的国家里，大自然得以保护得如此之好，这和人们的信仰有很大的关系。我是一个典型的无神论者，我不理解将精神寄托在我认为是虚无的世界里的人，如同他们也不理解我一样。但是宗教思想带来的强大力量和对心灵产生的慰藉，让时常浮躁的我，生出些震撼。

早上的行程结束后，两个台湾妹妹回酒店去了，带我闲逛的司机也换了，是我喜欢的拉法尔，他带我去沙漠骑骆驼。

准确地说，我骑骆驼的地方不是沙漠，而是戈壁滩，到处都是一堆一堆的骆驼刺，两只骆驼远远地站着，骑上它们开始我的沙漠之旅，想想都让我兴奋发狂。可是，我又有些担心，只有我一个女人，是的，偌大一个地方，没有其他游客，只有我这么一个天不怕地不怕、什么都敢尝试的女人！有些事情过后想想都后怕。

现在我就在做一件让我后怕的事情——单身在貌似荒无人烟的印度戈壁滩骑骆驼。

我对拉法尔说出了我的担心，他一边轻轻地拍着我，一边安慰我不要担心，这个瘦小的男人用他博大的胸怀安抚我不安的情绪。

安抚我的还有牵着骆驼的两个男孩，兄弟俩，一个十八九岁，一个十一二岁的样子。他们拍着胸脯说，有他们在，什么都不用担心。不远的地方，三个男人靠着栅栏，静静地看着我。我不敢多言，害怕我的张扬挑起任何不好的企图，我只想赶快离开。

我和小男孩骑一只骆驼，大男孩单独骑着骆驼走在前面。我们稳稳当当地出发了。两个男孩一路上叽叽咕咕地说话，听得出他们在说即将到来的胡里节。胡里节是他们所期待的，也是我所期待的。明天我就要坐上去孟买的飞机，在那里过胡里节了。

正当我津津有味地听他们谈论胡里节时（其实，因为他们的口音太重，我要连蒙带猜他们的意思），大男孩突然问我："小姐，你介意我们说话吗？"

我奇怪地问："不介意啊，怎么啦？"

大男孩撇撇嘴说："有些人介意，他们不喜欢我们说话，总是让我们保持安静。"

我笑着说："你们想说什么就说什么吧。"

戈壁滩极其荒凉，除了路边偶尔有一对我们引颈张望的孔雀，不慌不忙啄食的斑鸠，还有一些用牛粪和石头敷砌的茅舍，再看不到其他景致。男孩邀我去他家里坐坐。

这是一个很简陋的农舍，院落里，一个年轻的姑娘盘腿坐在地上，用手动缝纫机做衣裳，旁边有一位年迈的女人躲在阴影里看着她，见我进来，都好奇地看着我。

两个男孩快速地跑进厨房，并招呼我进去，一个中年女人在里面忙碌着。说是厨房，只是我的概念，看情景应该是他们的堂屋吧，几条低矮的长凳围着壁火。男孩们一边喝奶茶，一边吃着一种叫贾巴迪的干面饼。女人给我倒了一杯奶茶，通过充当翻译的大男孩和我聊天。女人对我很好奇，不过问来问去，问的都是我的个人状况，见我挂着相机，便毫不见外地要求我给她们照相。

女人鲜红的纱丽在相机里显得十分鲜艳。行走印度，我发现，印度女性的服饰，不论种族、信仰、地位如何，服饰都非常鲜艳。印度妇女对颜色的热爱，让这个国家显得缤纷多彩，当然，身着黑色服饰的穆斯林妇女除外。

院子里的三位女性，无论是老态龙钟的妇人还是年轻的姑娘，都披着鲜红的纱丽，让这个灰暗的农舍多了一丝亮丽的色彩。每照完一张，大男孩就要求我拿给她们看。他说，她们从来没有照过相。刚开始，年轻女子在我给她照相时显得很羞涩，拿纱丽遮住脸，后来在我给她看了照片后，她觉得很是好看，索性露出整个脸庞让我照。我这才认真仔细地观察她的样子，浓眉大眼，方方的脸庞，嘴唇上浓密的绒毛让她看上去有些男性化，羞涩的眼神又给她增添了几丝妩媚。阴影里的老妇人一个劲地躲着我，用手遮着脸，死活不让我照她的正面。我猜想，是否因为这里远离城市，他们很难接触现代化的设备，又因为我非常好说话，大男孩这才迫切地让我给他的家人拍照，让她们开开眼界。

回去的路上，大男孩找我要烟抽。

我没有，我不吸烟。

我告诉男孩："吸烟不好，你这么年轻，不要学这些坏习惯。"我无意教训他，纯粹是无话找话。

男孩说："这里的生活没有娱乐，没有吃的，没有乐趣，不抽烟干什么？"

我沉默，在别人的窘迫里，我没有发言权。

骆驼把我们带到一处沙丘后停了下来，在这里看到的日落分外漂亮。

看完日落，我以为我们可以从原路返回，可是男孩不让，他让我从高高的、近乎 70 度的沙丘上往下冲。

我知道冲下去不会有危险，柔软的细沙可以让人避免碰伤，我是担心重心不稳，滚下去狼狈不堪，于是笑着摇头拒绝。

男孩仍然坚持，他拉住我的胳膊说："有我在，不要担心。"

冲吧！既来之则安之，什么精彩都应该尝试。

男孩拉着我的胳膊一步步向下走，他教我用脚后跟走路，这样就可以避免前脚掌陷进沙里，而且重心很稳。可是他带行的速度越来越快，越来越快，终于在我的尖叫声中，我们手拉手，滑行了下来。

在沙丘上滑行的感觉真爽，我尖叫着，兴奋得跳起来，高声地唱着："我的热情，好像一把火，燃烧了整个沙漠……"两个男孩围着我边扭边唱："哦，胡里节！哦，胡里节！"

胡里节，这个让人疯狂的日子即将到来，我期待着即将到来的疯狂，我想我一定会用我全部的热情投入到这场颜色大战里。

此时，如果我知道我预订的飞往孟买的飞机已经在今天早上出发，飞机上那个属于我的位置，空空地闲置在那里，我一定笑不出来。

第二天早上，拉法尔用酒店的车送我到机场，他让我拿出机票确认时间。这一确认，我傻眼了，我的飞机昨天已经飞走了！

我一定是玩得太疯，把时间弄错了。

在国内我曾经因为别人的疏忽误了一次火车。那是和朋友远行，朋友拿到很难买的火车票时，非常开心地告诉我，票是明天晚上十点的。结果当我们晚上赶往火车站时，傻眼了。我们弄错时间了，火车早走了。

命运何其相似，历史总会重演。

我曾经嘲笑过误机的朋友。我有个朋友做事总是丢三落四，有一次居然把飞机航班记晚了一个小时，为此被我们嘲笑了很长时间。没想到，笑人者终被笑，要是他们知道我误了一整天，不知会不会笑掉大牙。

如果此时有人问我对误机事件有何感想，我一定会悲痛万分地告诉他，我想哭。

让我想哭的不仅仅是耽误了一天的行程，最让我心痛的还是近一千人民币的损失，要知道，这一千人民币要是换成卢比，在印度可以生活很长时间。

想哭就哭吧！

终于，我忍不住抽泣起来。我的举动吓坏了拉法尔，他不停地抚摸着我的头发，让我不要着急。

很快，我身边聚集了一大群酒店服务员，包括我不喜欢的吉夫。大家纷纷安慰我不要着急。

吉夫说："不要着急，我们可以帮你预订去孟买的机票。"此时他的脸上没有了平时的阴沉，一脸同情地看着我。

酒店经理马上帮我在网上查询当天飞往孟买的航班，很遗憾，当天的航班满员。

我又开始哭，一边哭一边说："哎哟，我的钱，你们的机票太贵了，我要去孟买过胡里节，明天就是胡里节了，现在没有机票了，怎么办？"

我想去孟买过胡里节是因为那里的胡里节很热闹，很疯狂。因为买不到从焦特布尔到孟买的火车票，我忍痛买了高价机票，可是这张高价机票居然被我糊里糊涂地浪费了。

不要急，命运之神永远都是眷顾热爱生命的人，虽然我没有按计划在孟买过上胡里节，但是我却因此在焦特布尔过了让我终生难忘的节日。后来真到了孟买，我个人的感受远不如想象中那么好。正应了中国的一句哲言：福兮祸之所伏，祸兮福之所倚！

这不，因为我的可怜样，几个人对我大发慈悲。拉法尔轻轻抱着我，有人轻轻抚摸我的头发，有人轻拍我的背部给我支持。几个人七嘴八舌地劝我，他们说这里就是我的孟买，这里一样有胡里节，他们会陪我过胡里节的。要知道围着我的全是男人，但是此时我感觉好温暖。在异国他乡，在遥远的印度，当我遇到困难时，有人站出来安慰我，那份发自内心的关切摒除了性别不同带来的不适，我也因此接受得坦然自在。

我不得不留在焦特布尔过胡里节了。

让人热血沸腾的胡里节

人生中，很多事情错过了就错过了，也许眼前就是老天为你安排的最好的风景也说不定。

我和全印度人一样，渴望着胡里节的到来。

我继续入住在之前的酒店，同样的价格，他们给我一间带空调的套房。要知道这个价格是我刚入住时，费了半天口舌争取来的。眼泪再次不争气地流了出来，我抱住为我提行李的拉法尔呜呜地哭着。拉法尔揉着我满头的乱发，一边说："不要担心，有我们在呢！"

如果说第一次哭是因为心疼钱的话，这次哭则是因为感动，满满的感动，世上还是好人多。

明天就是胡里节了，印度人又把它称为洒红节，相当于中国的春节，预示着春天的来临。这个节日来源于印度的著名史诗《摩诃婆罗多》。传说从前有一个暴君不允许百姓信奉大神毗湿奴，他的儿子却坚持敬奉大神。王子对父亲的专横跋扈表示了不满，因此受到百姓拥护。于是暴君大怒，便指使自己的妹妹、女妖霍利卡在一个月圆之夜烧死王子。翌日清晨，当百姓带着盛水的器具赶去救人时，却发现王子安然无恙，而霍利卡已化作灰烬。这是大神毗湿奴保佑的结果，人们便将七种颜色的水泼向王子，以示庆祝。因此，人们把每年印历 12 月的望日定为胡里节。白天，人们便用水和各种颜料互相泼洒、涂抹；夜晚，人们把用草和纸扎的霍利卡像抛入火堆中烧毁。印度人在胡里节期间还要喝一种乳白色饮料，据说可保来年平安健康。

焦特布尔的集市早几天就有了贩卖各种颜色粉末的摊贩，小贩们将各色粉末码成圆柱形或三角形，也有用塑料袋散装着，五彩缤纷、十分好看。性急的孩子将各色粉末放在装满水的汽油桶里，每有行人走过，便开心地往人身上泼，弄得别人全身上下一片说不清颜色的水印，然后他们哈哈大笑。我可不想今天被泼上各种颜色，虽然我渴望感受节日的气氛，但我要保留体力，明天和颜色大战，我要加入到明天的疯狂里。于是，我在孩子们准备朝我泼水时，及时地和他们约定，明天再战。

第二天，我早早地醒来，迅速冲下楼去，街上冷冷清清，没有几个行人，也没有看见谁在撒颜色粉末。我冲上楼去找拉法尔，他正在餐厅帮忙。

我郁闷地问他："拉法尔，为什么街上没有人狂欢？我是不是被你骗了？这里没有节日的气氛。"

拉法尔笑嘻嘻地看着我说："我的朋友，不要着急，要十点才开始呢。"

可是我等不到十点了，在酒店吃了早餐，时针才慢慢地指向九点。我想起昨天和几个孩子约定好九点开战，我要去找他们。

孩子们果然在那里，每个狂欢的节日都是孩子们的主场，他们比成年人更肆无忌惮，更真实。

孩子们只管朝路人洒水，他们根本忘了和我的约定，每个过路的行人都成了他们的目标，我的粉末根本斗不过他们用各种工具洒出来的各色水，很快我就狼狈不堪地败下阵来。当我在路边清理自己时，我的脸和头发被几双手狠狠地搓揉着，抓了各种颜色粉末的手把我弄了个大花脸，几个年轻妇女笑呵呵地看着我，这些看上去柔弱的女人，整起人来毫不手软，她们在我脸上留下的力量让我的脸颊隐隐作痛。我突然发现，我一个人势单力薄，在这场颜色大战里，我注定要吃亏，我现在已经全身湿透、五彩缤纷了。我想起了拉法尔他们，不行，我得回去，和他们结成一派。

当我回到酒店，门口已经聚集了一大群人，酒店门口的喇叭，播放着声嘶力竭的音乐，激烈的节奏，让我全身热血沸腾，我忍不住晃动身体。

战斗力超强的
孩子们

　　见我到来，几个人朝我撒各色粉末，这本来就是一场颜色的狂欢。我躲在拉法尔后面，朝大家还击，人们互撒着、欢笑着、扭着、摇着……我看见一个上了年纪的洋女人，白色的衣服上沾满了各种颜色，她双眼含泪，仰望天空，随着音乐晃动着身体，在这个热闹的世界，似乎她只在她自己的世界里。我不明白她为什么热泪盈眶，看她一个人的状态总有自己的故事，也许，很多年前，她曾和她的爱人一起来过，现在她来这里追忆两人的过往。也许，只是一种感动……我浮想联翩，静静地看着她的泪眼，我想上去拥抱她，给她一丝安慰，可是我不能，别人的世界，最好不要冒昧地打扰。除了这位年龄较大的洋女人，还有几个年轻貌美的洋妞跟着节奏欢快起舞，她们白色的衣服上、皮肤上，早已沾满了各种颜色，原来白色衣服撒上各种颜色看上去会非常漂亮，可惜我不知道，穿了一条深色的裙子，除了脸上看得出颜色之外，身上只有衣服的深蓝色了。

　　让我吃惊的是这里有个中国姑娘。

　　这个来自上海的姑娘，瘦高个，这是她第三次来这里了，她看上去腼腆而含蓄。可是后来我发现"腼腆含蓄"只是我一厢情愿的想法。

　　在我们随着音乐狂欢时，不时有骑摩托车的小伙呼啸而过，一边乱叫，一边朝路人撒各色粉末。

　　我渴望像他们那样，自由地朝每一个路人撒粉末，而不被别人撒。于是，我伸手拦住一辆只有一个人的摩托车。

　　估计我在这样的狂欢气氛里疯掉了，被我拦住的胖大男人非常爽快地让我上他的后座，我拉着上海姑娘，让她和我一道，她毫不犹豫地答应了，她和我一样迷失在这场颜色的狂欢里。

男人并没有让上海姑娘上他的摩托车，而是叫来了他的朋友——一个黑瘦的中年男人，让他朋友带她。

骑摩托车的感觉果然十分疯狂，我一边开心地大叫，一边朝路人撒粉末，一边看那些还击的粉末还没有靠近我就随风飘散。

胖大男人一脸嘚瑟，他带我们去他的商店吃蛋糕，又把我们带到他兄弟开的小店里喝香甜的果汁。最后他把摩托车停在一处院落——他的家里，热情地邀请我和上海姑娘进去。

院子里，震耳欲聋的音乐充斥了每一个角落。一根长长的水管从院子上空穿过，安装在水管上的几个喷头旋转着，肆意喷洒水雾，十多个男女老幼在水雾里随着音乐扭动着身体，疯狂地互相挥洒颜料，无论何种颜色，只要一碰触湿透的身体，全部变成了深蓝色。空气中的水珠掺杂了大量的颜色，在强烈的阳光照射下，幻化出无数的小彩虹。见我们进去，人们热情地朝我们撒粉末，那些蓝色、红色、黄色、紫色……各种颜色的粉末在空中交替出现，一股呛人的粉尘味让我不停地咳嗽。

我想回到酒店，我有些想念拉法尔了。胖大男人只想带着我到处炫耀，他想把最有趣、最刺激的东西呈现在我面前，可是拉法尔会保护我，不让我在这场狂欢里受到欺负。

我狠狠报复了
吃我"豆腐"的男人

在回去的路上，我有些后悔穿深蓝色的裙子了。

是的，我很后悔穿裙子，我这次的后悔和颜色无关。因为胖大男人用一只手开摩托车，另一只咸猪手朝我的大腿上摸来。

我毫不犹豫地打掉他的咸猪手，大声呵斥他："住手。"

男人停住摩托车，让上海姑娘和我交换。我想示意上海姑娘小心一些，不过我想，对于一个来印度三次的人来说，有些事情不需要我过多地提醒。

换到瘦小男人的车上，我安心下来，胖大男人太过于魁梧，若发生争执，我肯定不是他的对手，这个瘦小男人我估计能对付一下。只是我没有想到，就是这个瘦小男人，让我吃了大亏。

我和上海姑娘换了车后，我们一路朝酒店驶去。虽然被胖大男人摸了一下大腿，但这并没有过多地影响我的情绪。

可是我错了，我真的很后悔穿了裙子，我干吗不穿裤子呢？

在回去的路上，在我以为平安的路上，瘦小男人做出了和胖大男人一样的事，这次他直接摸到了我的大腿根。

我狂怒，心中充满羞辱，决定以牙还牙。在我打掉他的咸猪手后，原本环住他腰部的双手紧紧地抓住了他长在大腿根的"郎当之物"，妈的，你不是喜欢摸大腿根吗？好，我就帮你摸个够。我使出了吃奶的力气，一边拼了命的捏抓在手里的"郎当之物"，一边仰天狂叫。男人吃痛不住，行驶的摩托车摇晃起来。

掐完大腿根，我开始掐他其他地方，我像个变态色魔，在他身上使劲乱掐。边掐边叫唤，男人一声不吭地驾驶，任由我在他身上"为非作歹"。好在我们很快到了酒店，下车时，我最后恶狠狠地将他黑黑的脸皮拧了360度，一边咬牙切齿地说："我爱死你。"

男人眼光躲闪着我，一声不吭。我决定不说，装作什么都没有发生的样子，对于这样的事情，很多印度男人会认为我大惊小怪。在印度，男人吃女人的"豆腐"是非常正常的事情，无论是在火车上我被一个男人偷袭胸部，还是在恒河岸边，一个男人很下流地伸出咸猪手朝我的胸部抓来（好在被我及时伸手挡开了）。在我认为很严重的事情，对于他们来说，根本不值一提。何况，我已经用我的方式惩罚了那个冒犯我的男人。

拉法尔见我回来，又把我拉入他们狂欢的队伍里。不要多想了，坏事已经过去了，好好地投入到这场颜色的狂欢里吧。

明天我要去孟买了。

第 11 章

我该
怎么形容你啊，
孟买？

Chapter 11

　　离开让我痛并快乐的焦特布尔，魂魄还没有从那场颜色的狂欢里跟来，我已经踏上了孟买的土地。

巨大的贫富差距

孟买给我的第一印象就是物价太贵。

在机场时，出租车司机漫天要价，坚决不打表。无一例外的，他们得到的都是我的白眼珠，一路上我这双白眼珠瞪了不少想宰我一把的人。

靠近海边的酒店房价都是两三千卢比一天，这和其他地方的价格有天壤之别。有一家倒是便宜些，只要 750 卢比一天，可是我没有胆量住，房间的墙壁都没有封顶，要是半夜隔壁爬个人过来怎么办？

不过没关系，只要你背着包四处游荡，总会有人主动找上来，无论是出租车还是旅馆，你的样子已经告诉别人你需要这些。

我疲惫不堪地找了一家又一家旅馆，为高得离谱的价格满心沮丧时，有人过来告诉我可以带我去便宜一点的旅馆，只要 1200 卢比。

走了一圈，比较下来，我完全可以接受这个价格，只要有卫生间，有电风扇，干净就行，最主要的是安全。

行走印度，一般情况下我是不太理睬这种主动搭讪的人，一是担心不安全，不敢跟他走得太远；二是担心被吃回扣。不过今天背了几十斤的东西，爬上爬下的，找了若干旅馆，在印度四十几度的高温里，背上早已湿透，权且信他一回吧。

好在他带我去的旅馆就在海边，不当街，有一个小院，新装修的，倒也干净别致。可是人家要 1800 卢比。

于是我又发挥我的厚脸皮与胡编乱造的本事来砍价。

我说："先生，你家太贵了，贵得像天上的星星，可是我喜欢这里的房间，我要住这里，1200卢比好不好？"

蓄着小胡子的小伙子看着我，脸上没有一丝表情，不过他还是让步了，要我1600卢比。

可是我不干，我继续装穷，坚持1200卢比。

突然，他问道："你来自哪个国家？"

我随口回答："韩国人。"我不能说我是中国人，这一路走来，我发现印度人对中国人喊价极高不说，还很难还下价来。

他沉吟了一会儿说："好吧，1400卢比。"

我还是坚持1200卢比，我就出1200卢比，一个卢比都不会多给了。他想了想，指着旁边的沙发说："你先在那里坐一下，我问问老板。"

然后他对着旁边站着的男孩耳语了几句，男孩很快跑了出去。我估计老板应该在不远的地方，男孩问价去了，看来我能获得1200卢比的价格。果然，过了一会儿，他对我说："OK。"

我在高兴之余，也为刚才的欺骗心怀内疚，在他让我拿护照登记时，我羞愧地拉着他的手说："谢谢你，不过我很抱歉，刚才和你开了一个玩笑，我不是韩国人，我是中国人。"

他一听，马上从我的手里抽出手，一本正经地告诉我："1400卢比。"

这下，我傻眼了，什么叫耍小聪明搬石头砸自己的脚，这就是。

事情到了这步，我也不好意思装可怜了，1400就1400吧。能把价格从1800砍到1400，已经是赚了。一句"我是中国人"就多花了200卢比，看来在印度人眼里，中国人已经是暴发户了，中国人的钱不赚白不赚。

安顿好自己，我要在孟买这个国际化的都市里好好地转转。

孟买是印度人的骄傲，印度人总喜欢拿孟买跟外国人炫耀，特别是和中国人。孟买是一个让人轻松的地方，一个靠海的城市，又是印度宝莱坞电影的出产地。历史上曾经是东印度公司的总部，云集了各国商人，这里成了印度的贸易港口，因此现在还遗留了许多欧式风格的建筑。漫步孟买街头，随处可见矗立的欧式风格建筑，其间混杂着各种宗教的寺庙，让这个城市显得美轮美奂。

曾经有这样一个事情，孟买市长应邀到中国上海考察，在来中国的飞机上，一群人高谈阔论，把中国的种种描述得十分不堪，每个人都抱着看笑话的心情来到上海。然而，在回去的路上，这些人沉默了，每个人都陷入了沉思，用孟买市长的话来说，他们已经被上海远远地甩在了后面……

抛开经济发展这块，我个人觉得孟买比上海更让人喜爱。那些随处可见的古迹完好地保存着，殖民地的痕迹并没有作为耻辱的标志在独立后被拆掉。相反很多地方得以完整保存，比如威尔士王子博物馆、圣托马斯教堂、维多利亚火车站……也因此吸引大量的游人前往参观，旅游业为孟买带来可观的收入，这是上海无法与之相比的。

我住的旅馆位于滨海大道，印度之门和印度最有名的泰姬玛哈酒店就位于这里。

孟买是富人的天堂，穷人的地狱。飞机降落孟买机场时，可以从飞机上俯瞰到一个接一个密集的帐篷，范围宽广到让人震撼，这是孟买的贫民窟，同时也是全世界最大的贫民窟。

暮色中迷人的
海滩

贫民窟是一个可以让人参观的地方，无论是旅行社还是贫民窟的居民，都把这当成了一种生财之道——旅行社以此为景点赚钱，贫民用自己悲惨的生活博取游客的同情，赚取点卑微的小钱。

我无意去参观贫民的生存状态，生活在社会最底层的人们摒弃了做人的尊严，向无关的人展示自己卑微的生存状态以获得些许怜悯，既让人心酸又让人不快。何况那里还是无数罪恶滋生的场所，时常有外国人在那里出事。

我想去千人洗衣场看看。

作为孟买有名的景点，千人洗衣厂的存在是因为这里集中了全孟买大部分为酒店洗衣的工人和床单。从远处看去，无数的水泥洗衣池密集地排列着，里面污水浑浊。无数雪白的床单挂在晾衣绳上，在印度酷热的阳光下发出耀眼的白光。我试图从肮脏不堪、满地污水的小路进去，没走进几步，有人朝我比画 200 卢比，如果我要参观的话。我没有理他，试着又往里面走了几步，到处都是晾晒的床单，将拥挤的空间划分成无数小块，将阳光阻隔在外，显得阴暗而潮湿。洗衣机的轰鸣声，熨衣器产生的灼热蒸汽，还有半裸的洗衣工人看我时那阴郁的眼神，这一切都让我心生惧意。虽然是大白天，我仍然觉得脊背冒出阵阵寒意。几个男人朝我指指点点，体内一种逃生的本能提醒我赶紧离开。我几乎是跌跌撞撞地逃离这里，双脚踩在污水里，狼狈不堪，全然没有刚进来时人家找我要钱时那爱理不理的神气。

我快速地逃开了，没有勇气再回头看一眼这个在全世界都很出名的千人洗衣场。在我慌张逃离时，一对洋人站在公路上俯瞰着我刚才进去的地方，听印度导游煽情地介绍。

我突然明白，有时候因极度贫穷而滋生出来的罪恶，不是用同情和怜悯可以包容的。虽然我没有去孟买的贫民窟，但是我已经感受了这一类人的阴暗面。面对他们就逃吧！

泰姬玛哈酒店离我居住的旅馆不远，面对海湾，由信仰拜火教的印度工业家贾姆谢特吉·塔塔（Jamsetji Tata）在1903年建成。

贾姆谢特吉·塔塔兴建酒店的目的不是为了投资，据说，他在英国殖民时期，因为自己是印度人而在某国际大酒店喝茶时被驱逐。在当时，印度人是被拒绝进入欧洲人经营、只准白种人住的酒店的。这件事使他生出要兴建属于印度人的酒店的决心。不管兴建的初衷如何，泰姬玛哈酒店后来成了全球闻名的酒店，伊斯兰式的拱门、廊柱，以及文艺复兴时期的圆顶，自营业至今一个多世纪以来，一直成为孟买最重要的地标之一。

其美轮美奂的建筑让我忍不住想进去看看。酒店大厅静悄悄的，散发着一种淡淡的香味。没有人过来询问我找谁，不多的几个老外在大厅安静地办着入住手续。楼层不高，我顺着那种可以从两边上的楼梯上到二楼，一些门被铁链锁着。坐上设在二楼的电梯，我随便按了一个楼层，这一切都寂寞无声，很少有人影，甚至没有看到打扫卫生的服务员的影子，一切都在静悄悄中进行。我漫无目的地闲逛着，每个见我的侍者看我时都是神色恭敬、彬彬有礼，彰显出大酒店工作人员的高素质。不知不觉中，我来到酒店的游泳池，和酒店里面的清净不同，这里充满喧哗。白花花的身体半裸着躺在泳池边的躺椅上，泳池里也满是白花花的影子。没有经过日晒的洋人，身体的那份惨白，会让人莫名地产生一种优越感，在这种看上去有些病态的白肤色面前，我又黄又黑的肤色，看上去健康得让人嫉妒。记得当我从安娜普尔纳雪山上下来时，整个脸因为紫外线的照射和雪光的反射，黑得像锅底，我面对 Ken 时表现得极度不自信，他反而觉得，我的肤色非常漂亮，他搞不懂我为什么认为晒黑的肤色是一种丑陋，如同我搞不懂他们洋人总把自己晒成古铜色才舒服一样。上帝是公平的，没有哪一个种族认为自己是完美的，黑的想白，白的想黑，这是一种地域差异，是一种心理的互补吧！

夜晚的泰姬玛哈酒店尤其迷人，皎洁的月光下，她像一座宫殿，静静地矗立在那里，和海边的印度之门遥相呼应。泰姬玛哈酒店不是穷人可以去的地方，印度之门却是印度平民随意游玩的地方。

今晚特别寂寞。我模仿天真的孩子，买了顶部发亮的螺旋桨，用弹弓使劲将它向天空中弹去，待它落下来，又去捡起来。玩了几下，无聊得很，干脆送给身边看我玩的几个小乞丐，自己坐在台阶上看他们玩。

一人在外，无牵无挂，其实除了父母、女儿，再无人可以牵挂。只是他们有他们的生活，那个可以和我心灵相依的人，了无踪迹。一只小狗跑过来，紧挨着我坐着，被其他生命需求，竟在心里有了小小的慰藉，突然希望小狗能多陪陪我。此刻，在异国他乡的我，好难过。

一人一狗，面朝大海坐着，可惜没有春暖花开！

孟买的美丽，让印度人引以为傲，可是我在这个城市里，不仅没有交上一个朋友，还处处都是昂贵的物价，在这个繁华都市里，我找不到像印度其他城市里的那种热情和善良，这里的美丽不属于我。两天的停留，千人洗衣场在我心里留下的阴影，已经打破了我初来孟买时，被她的瑰丽所折服的心情，孟买是有钱人的天堂，我不属于这里。我喜欢瓦拉纳西那份返璞归真的朴实，喜欢焦特布尔的热情善良、如沐春风的柔情，喜欢阿格拉那颗爱的泪珠……这些让我如此着迷，唯独这里，这个美得一塌糊涂的城市，让我无所适从。

我只想赶快离开，离开这个让我百般不适的地方，我的下一站是果阿——欧洲人在印度的天堂。

这些东西来自中国，我就是要拍

离开孟买前，我要去看看威尔士王子博物馆。

我不会遵循印度人进入参观点要为相机买票的规定。不要嘲笑我，在我的观念里，作为一个外国人，在印度已经花了很多钱在门票、住宿等消费上，凭什么在我购买门票之后不能拍照？而且很奇葩的是：不是所有的景点都不能拍照，这得看当地政府的规定，这个规定在威尔士王子博物馆依旧存在。我同样不为相机买票，面对满馆监视的眼睛，我不拍就是。然而当我走到三楼时，我义无反顾地举起了相机。

让我不得不拍的原因是，整个三楼，除了很少的几个展柜展示的是日本的瓷器，其他全是中国陶瓷。元代的青花瓷，形体巨大，在展厅暗沉的灯光下发出柔和的光泽；唐三彩颜色绚烂，并没有因为光阴的流逝而有一丝褪色，更多的是我说不清出处的陶瓷，默默地立在那里，无声无息、精美绝伦。这些全都是当年英法联军在火烧圆明园后，被英军抢到这里的掠夺物，后来英国人离开印度时，带走了大部分的掠夺物，只把我现在看到的这些留给了印度人。

血直冲脑门，我颤抖着拿出相机，尽量稳定自己的情绪，从我认为最美的角度去拍这些物品，我试图把每一件陶瓷都拍下来。

有人走过来，语气不善地对我说："你不能拍，你没有给相机购票。"

隐藏在树丛中的
哥特式建筑

我压制着不满的情绪问他："为什么我不能拍？这些东西来自中国，我就是要拍。"

我第一次这样理直气壮，没有诡辩，没有欺骗。

男人看着我，一脸的不友善，不过他没有再阻止我，只在不远处看着我的一举一动。经过这段插曲，我反而拍不下去了，心里生出些尴尬和屈辱，仿佛有只苍蝇卡在喉咙里，吞不下也吐不出。被人监视着我的一举一动，让我浑身不自在。

别了，威尔士王子博物馆，即使这里的展品精美如斯。别了，孟买，即使这个城市美轮美奂。繁华后面，那些怎么也掩饰不了的凄凉，人类生存的巨大反差，在这个城市彰显得如此透彻。孟买，我不想再来。

第 12 章

外国人的
天堂——果阿

Chapter 12

　　果阿位于印度南部，曾作为葡萄牙的殖民地长达450年之久，境内一大半民众信仰基督教。这里有据说是亚洲最大的教堂，还有融合了拉丁热情、颓废嬉皮、神秘印度风情的海滩。还在中国时，我就对果阿充满了向往。

和约翰在安久娜海滩卖艺

对果阿充满向往的还有约翰。

这是我在印度认识的第二个叫约翰的美国男人，第一个是在进入印度边境时，和我一起体验边境"激情"的约翰。由此可见美国人叫约翰的比较多。

不过让我心里窃喜的是，这个约翰年轻英俊，说话轻声细语，身后背着一把吉他，和他在一起感觉十分舒服。

我认为约翰是上帝送给我的礼物，也许他知道了我在孟买的孤独，想让我的单身行程多一些亮色，特意把约翰送来陪我。

约翰是一个靠一把吉他走遍世界的流浪艺人。

在机场一起拼车后，我和约翰熟悉了起来。我告诉约翰，我是第一次来果阿，想到远近闻名的安久娜海滩去看看，那里每周三有全世界最大的跳蚤市场。

约翰说他在印度待了两个多月，这是第二次到果阿。他一边说一边微笑，嘴角有两个浅浅的酒窝，我看得直流口水。约翰见我花痴地看着他，又咧开嘴巴笑着，雪白的牙齿耀花了我的眼睛。

还在车上，我就厚脸皮地告诉约翰，如果他不介意，我在果阿就跟着他"混"。其实我才不在乎他是否介意，反正他也是一个人浪迹天涯，形单影只的，也希望有人陪陪吧，反正我是希望有人陪的。后来，和他聊天时得知，他父亲就是一个浪迹天涯的吉他手，他不过是重复着他父亲的生活方式而已。

约翰带我直奔安久娜海滩。

这是一个怎么样的海滩啊？浑浊的海水汹涌地扑在粗粝的

沙滩上，约翰脱掉外衣，嘴里呜啊呜啊地叫着，冲进海里，我才发现这个家伙除了相貌英俊外，身材也很健硕，那成块的肌肉全不是我初见时柔弱的样子。原来这是一个深藏不露的家伙。

约翰几个猛子扎得很远，见他游得欢快，我全身就像打了鸡血一样，凭什么我要站在这里发呆，虽然我没有泳衣，没有比基尼（身边几个身材极好的比基尼美女早已追随约翰游去），我还是毫不犹豫地冲进了海里。

海浪极大，几下就将我拍进海里，我狼狈不堪地挣扎着站起来，几个印度男人眼睛发亮地看着我，原来，我湿透的上衣把我因为嫌热没有穿内衣的身体一丝不苟地呈现了出来，这种若隐若现的状态，反而比那些身着比基尼的美女更有挑逗性。

几个印度男人对着我吹口哨，约翰游了回来，看着我狼狈不堪的样子，也跟着印度男人对着我吹口哨，我恼怒地转过身去，背对他们，面朝大海。当我站在齐腰深的海里，一边抵御浪涛的冲击，一边想怎么脱离眼前的尴尬时，一个印度男人跌跌撞撞地走到我身边，似乎因为海浪太大而站立不稳，朝我扑来。以我的个性，面对这样的情况，我从不会惊慌，只有愤怒。在他还没有将我拉下水之前，我死死地抵住他的身体，厉色呵斥道："你想干吗？"

黑胖的印度男人嬉皮笑脸，并没有因为我的声色俱厉而有所收敛，他居然反问我："女士，你感觉如何？"似乎因为海浪太大，他实在站不稳，又随着海浪的节奏向我扑来。他的身体太重了，我实在承受不了这个巨大的身体，身体向后倒去。我心想完了，这次"豆腐"又被吃定了。别急，在我心生绝望的时候，一只有力的大手牢牢扶住我的肩膀，是约翰，他一边扶住我一边用脚向那具压向我的"死肥猪"踹去，结果，我稳稳地站定了，"死肥猪"扑进了海里，在他爬起来时，我又用脚把他踹进海里，连着几次，反复如此，"肥猪"才狼狈不堪地站了起来，不满地看着约翰，嘴里叽叽咕咕着就走开了。我和约翰笑得前仰后合，那些比基尼美女看着狼狈离开的"肥猪"，也嘻嘻哈哈笑成一团。

傍晚的安久娜海滩展现了她真正迷人的地方，太阳的余晖将天空渲染得瑰丽动人，徐徐的海风带着凉爽赶走了白天的酷热。酒吧里，有不知名的歌手驻唱，歌声极美，是欧美歌手的风格，果阿的夜生活从这里开始了。

有人在沙滩上生起了篝火，约翰坐在一把躺椅上，一边拨弄吉他，一边轻声吟唱，歌声忧郁，配上他绝美的面孔，有一种说不出来的绝色沧桑。

一顶帽子静静地摆在约翰面前，里面一个卢比都没有，我有些难过，白天约翰几乎是翻遍全身才凑足住宿费，晚餐还是我请的客。有些生活方式看似美好，其实是要付出极大的代价才能做到。可是约翰不在乎，他喜欢这份自由自在，喜欢用这样的方式行走天涯。约翰在唱他的故事，他在用歌声告诉大家，在他很小的时候，他的父亲是一个走遍世界的流浪艺人，路上遇到了他的母亲。有一段时间，父亲安定了下来，可是没有几年，父亲还是走了，丢下他和母亲。父亲听从心灵的召唤行走世界去了，母亲却因为有了他，不能再接受曾经为之着迷的生活方式，所以两人分道扬镳了。从那以后，他没有见过父亲，现在他也听从内心的召唤重复着父亲的生活方式，他祈祷上帝能让他遇见父亲……约翰的歌声沙哑伤感，我听得泪流满面，

太阳的余晖
将天空渲染得
瑰丽动人

我无法抑制地站了起来，在帽子里轻轻放进 100 卢比，开始了我的舞蹈。我闭着眼睛舞着，试图用我的肢体去演绎约翰父母的故事——那一对开始因对生命充满渴望而走在一起的年轻人，后来因对生活的要求不一样而分道扬镳，那个从小失去父爱、没有见过父亲几面的约翰，长大后却延续了父亲的生活方式，从曾经被抛弃的怨恨，到如今的理解，这仿佛就是一场宿命。

终于，约翰在吉他上落下最后几个音符，谢幕了。我也停止了我的舞蹈，泪流满面地站在那里，我在悲悯约翰的同时，也在悲悯我自己，我们有些人永远都逃不掉宿命的怪圈。约翰唱的是他的故事，我跳的却是自己的故事。

好在我们的配合获得了掌声和金钱，约翰的帽子里居然有了不少的卢比。约翰高兴地说："Fang，我这几天可以不弹吉他了，我带你在果阿到处转转。"

我们都是彼此生命里的过客

安久娜海滩有全世界最大的跳蚤市场，只在每周三摆放。我总觉得运气奇好，我们来的第二天正好是周三，约翰带着我在海滩上逛了一整天。

跳蚤市场的小贩，大部分是洋老外，也有极少的印度本地人和中国藏族人，在这里，真正让人眼睛发亮的是洋老外的摊位。印度人和中国人的东西，没有太多的特色，都是些印度当地或是西藏的物件，倒是那些洋老外的摊位上摆满了稀奇物品，让我看得目不暇接。

一些洋老外来这里很长时间了，由于费用问题，也做一些买卖营生。同样是卖服装，老外的服装袒胸露背，充满嬉皮风格，约翰极力怂恿我把身上那件保守的 T 恤扔掉，他帮我选了几件露肩露背的衣裙让我试穿。在赏他两个大白眼之后，我毫不犹豫地把衣裙扔了回去。不过我不穿，不等于别人不穿，两个洋妞拿过我丢回去的衣裙，当着约翰和男摊主的面毫不羞涩地当众换衣，穿着比基尼的身材看上去又白又嫩。估计摊主是见过了太多这种活色生香的场面，年轻的他眼光竟然没有在美女身上有过多停留，他拿了穿衣镜在美女面前各个角度地晃悠，一个劲地夸好看。不过人家美女不在乎他的话，只是一个劲地问自己的同伴如何。约翰一脸疑惑地看着我，他说："为什么你不穿？你看，这衣服很适合你，你穿上一定很漂亮。"

在果阿的沙滩上，像我这样穿着短袖 T 恤、长裤的就我一个，到处都是半身裸露的男男女女，这里太热了，热得人们巴不得把自己扒光。我这身打扮让我看上去像只土鳖，可是我决定把土鳖进行到底。我受到的教育里，没有教会我在大自然和陌生人面前自然地裸露大部分身体，虽然我内心承认部分的裸露让人看上去很舒服也很迷人，尤其在这个热得让人喘不过气的沙滩上。

洋人们除了卖衣服，最多的摊位就是卖手工艺品，这是真正的手工艺品。有些工艺看上去粗犷而劣质：一根铁丝很随意地绑了一颗未经加工的宝石，就算是一枚戒指；几根铜丝随意地弯成了手镯形状，就算是手链。这些简单的物件里面充满了摊主的奇思妙想，简单却让人着迷。我长久地流连在这些小摊面前，对每一件东西都爱不释手，当然也有贩卖精致工艺品的摊位，不知这个洋人从哪里搞来这些如此漂亮的东西。东西很小，但很精美，我甚至看到了中国的玉佛，还有用猛犸象的牙齿雕刻的一张裹在树叶里的人脸，我记得这个小雕像我曾在国内某杂志上见过，价值不菲，如今在这里见到，估计是赝品吧。

见我总是待在工艺品这里不肯离去，约翰离开我，编辫子去了，一种非常难编的辫子，将头发编成无数小辫。国内也有这种编辫子的行为，不过是接发时常用的。约翰编的这种小辫极耗时，会在编的过程中加入一些马尾（因为买不到真发了，用马尾代替人发），白人和黑人都极其喜欢这种发饰。不过我不喜欢，总感觉乱糟糟、油腻腻的，因为要保持发型，得长时间不能洗头。

最后的结果是，我在逛了整整四个小时，把整个跳蚤市场从头到尾逛了几遍之后，约翰的小辫子才编了一半。更有趣的是，这个家伙居然还忙中偷闲地弹起了吉他。

当地的
特色集市

约翰的头发终于在天黑之前编完了，小摊贩们也收拾好摊位匆匆离去，白天稠密的摊位，转眼之间只剩下空荡荡的竹竿。这个时候最热闹的要数各个风格不同的酒吧，只是我无意流连酒吧：第一，我不爱喝酒；第二，我不爱闹哄哄的地方；第三，我早从网上知道这个地方的酒吧情色汹涌，任何人都可以在里面为所欲为。我甚至从一本书上看到，有些酒吧在曲终人散后，到处都是避孕套。

约翰见我不去，他犹豫了一下，问道："那你准备干什么？你不过夜生活吗？"

我说："是的，我不过夜生活，我也不懂你们的夜生活是什么样的，我现在很累了，只想回去洗洗休息了。也许我可以看看书。"

约翰笑了，露出他好看的牙齿，说实话，我不喜欢这种小辫子，不过约翰编了的确很好看，我又开始发呆，看着他，如果约翰坚持让我陪他去酒吧喝酒，我想即使我不喜欢，我也会去的。

不过他没有再要求我去，反而是愿意和我一起回旅馆。他说如果我看书的话，他就弹吉他。

当我清洗完自己，神清气爽地躺在旅馆椰树下的吊床上时，我有些明白为什么老外如此喜欢这里，除了这里的阳光让人着迷，这里还到处弥漫着一股颓废气息，我这样形容也不对，总之来这里就可以让人放下自我，选择一种平和、认真做人做事的生活方式。我也有些明白为什么来了印度三次的 Ken 无论如何都不愿意来果阿，他的理由是果阿太热了。我现在明白热只是他的一个借口，这里松散的氛围也许不适合生活严谨的他。

约翰在我身边轻轻弹着吉他，我拿出《玄奘》开始看了起来，不过慢慢地看不下去了。我听出约翰在唱什么故事，他说他遇到一个女孩，一个来自中国的女孩，这个女孩看上去傻里傻气，却不知道为什么让他放心不下，他喜欢她干干净净的样子，还喜欢她动不动就拿眼珠瞪他，可爱的中国女孩啊，你可知道是什么让我如此牵挂？

完了，难道约翰爱上我了？不可能吧，才相处两天，虽然我很花痴，喜欢他的美貌，不过可没到以身相许的地步，如此容易动情的男人，估计这一路上和他相好的女孩不少吧？

约翰反复地吟唱，声音越来越低，越来越低……最后几句仿佛是在我耳边低语，有热气呼在我的脖子上，这让我全身起了鸡皮疙瘩。

我从吊床上站了起来，笑着对约翰说："你的歌唱得非常好，我明天要去看看亚洲最大的教堂，我想一个人去。"

约翰笑笑回答："OK！不过你要注意安全。"

接下来，约翰断断续续地弹他的吉他，唱些无关紧要的歌，我继续躺在吊床上断断续续地看书，因为中途我俩还停下来说话。约翰看上去神色自然，没有一丝一毫受伤的样子，原来感情的事情于他而言也许只是逢场作戏，而在我这根本就是不存在的事情，我可不想为他路上的艳遇添砖加瓦。这晚，天上的星星很亮，像约翰的眼睛，不过我知道即使他再美，对我也没有丝毫的吸引力。喜欢美色是男女的通病，而是否让美色走进心里，则是一个人的定力问题了。

第二天，我早早到餐厅吃早餐，我想在太阳还没有将大地烤熟之前将我想看的教堂游完。果阿太热了，我又舍不得住带空调的房间，即使昨晚房间的风扇一直旋转，即使我把床单铺在地板上睡觉，我仍然热得翻来覆去睡不着，我想在游完教堂后住在旧果阿——曾经的葡萄牙殖民地的首府。吃完早餐后，看着约翰紧闭的房门，我犹豫着是否给他打个招呼，想了想还是算了吧。我和他都是彼此生命里的过客，我们因为身上有一些相同的东西——对世界和行走的渴望，才会在海滩上配合卖艺。我和他是两个不同世界里的人，在印度这个离彼此家乡都很遥远的地方无意中交叉相遇，之后我们各自都会离这个交叉点越来越远。我们都很明白，我们并不会因此走成平行线。我就像约翰的母亲，可以在短时间内放下所有，去体验生命的精彩，但是对于生命的责任，无法放弃。约翰似乎传承了父亲的放荡不羁，想用家庭约束他是件很难的事情。但是这又如何？每个人都有自己的生活方式，无所谓好坏。我不接纳是我的事情，怀着欣赏和包容的心去对待就好！我不知道海滩上一起卖艺的经历在约翰的生命里占了什么位置，而我永远不能忘记，在遥远的南印度，在阿拉伯海边，在一个陌生的异国男人的伴奏下，我跳了一场属于自己的舞蹈。别了！约翰，一路走好！

外国人的成见

圣凯瑟琳大教堂（Se Cathedral Church）是果阿最大的教堂，也曾经是亚洲最大的教堂。葡萄牙人殖民印度时期，果阿是当时的首府，吸引了一批又一批的传教士、军人、商人前来，一度极其繁华，人口超过了当时的里斯本，也因此修建了颇有历史意义、各种风格的教堂。

可以说果阿是各种风格教堂的集合地，我虽然不是基督教徒，对教堂没有什么热爱，但是我想去是因为：第一，在印度这个以印度教为主要宗教信仰的国家，基督教却是果阿的主要宗教信仰让我觉得好奇；第二，这一路走来，看了太多的印度寺庙，已经产生了视觉疲劳，早已没了初到印度时，看到寺庙想方设法都想进去的想法了。眼前的教堂除了让我耳目一新，感觉极其宏大漂亮之外，也没有给我其他什么感受，不过果阿是一个非常值得小住的地方。

对一个不太喜欢安久娜海滩那种生活方式的我来说，果阿充满欧洲小镇风情的格调则让我非常喜欢。那些低矮的欧式阁楼，屋外热烈开放的鲜花，将这里装点得迷人、舒服。

我选了一家葡萄牙裔的印度女人开设的旅馆住下，这里比我在安久娜海滩的旅馆舒服多了，女老板一身传统的印度服饰，她那白皙的肤色和流利的英语无声地告诉我她是一个混血儿。

最让我开心的是，在旅馆后面有家非常有特色的餐厅。餐厅不大，但这里的食物非常好吃，这在印度是很难得的。因为靠海，在这里可以吃到大量便宜的海鲜。虽然他们加工海鲜的方法和中国人不同，他们多会以咖喱为佐料，间或有些甜味，但这已经是我在印度吃过的最可口的食物了。这一路上，我还没有习惯吃印度人把各种调味品磨成粉末再混合在一起的咖喱。

餐厅常常爆满，如果去晚了就没有位置。我在第一天吃过这家餐厅又美味又便宜的海蟹后（约人民币18元），就决定在这里停留的几天天天来吃。只是第二天当我再来时，已经没有位置了，不过这难不倒我。我看到一对中年洋老外在我因为找位置而注视他们时，对我点头微笑，我想看看能不能加入他们的位置，反正我也只是吃点食物而已。

当我对两人说明我的意思后，他们很乐意地一口答应了。

这是一对来果阿度假的法国夫妇。旅途相逢，我们都会对身边来来往往的旅者充满好奇，当我告诉他们我去了印度哪些地方时，两人发出惊呼。不过他们的行程也让我惊呼，我真的要惊呼了！天啦！这对法国夫妇来印度四次了，每次都直接到果阿，没有去别的地方，而且一待就是一个月。

法国男人看上去粗犷豪爽，他的职业是司机，开大货车的那种，女人温柔娇小，在法国教英语。不过当我知道她是教英语的老师时，我哑然失笑，因为丈夫一点英语也不会，妻子说英语也是结结巴巴。谁说洋人一定会说英语？我这一路上还真遇到几个不会说英语的洋老外。而教英语不会说英语的外国老师，我这辈子是第二次遇到了。上次是在尼泊尔，遇到一位来自韩国的教英语的女人，结果她居然不敢开口说话，任凭我这个说一口蹩脚英语的中国人在那里胡言乱语。

法国男人对中国充满好奇，他不停地问我问题，他说他非常想来中国旅游，不过觉得来中国旅游太贵了。他很喜欢吃中国的米饭，如果到中国旅游，天天吃米饭他都愿意。当我告诉他中国的米饭只要一元人民币就可以买到一碗时，他掐着指头算一元人民币合多少法郎时，他觉得也不贵。不过当他问我在中国上海还有没有法租界时，我差点喷饭。这对夫妇对中国的理解还停留在几十年前甚至几百年前的思维里，就如同他们对印度的思维，只有果阿，其他地方他们根本不敢去，也因为胆怯，他们错过了印度许多的精彩。这让我想起 Ken，来中国前，

Ken 总觉得中国和印度差不多，来之后才发出"也许十年的时间，中国将会超过美国"的感叹。看来世界人民对中国的了解还有待改进啊！

我极力怂恿这对法国夫妇去印度别的地方瞧瞧，两人对我拍的照片赞不绝口，似乎真的心动了。后来我在吃饭的地方又见到了他们一次，之后再也没有见过这两人。也许他们到果阿其他地方去了，像大多数来果阿的老外一样，一定会去海滩上住上几天；也许受了我的诱惑，到印度别的地方去了，弥补几年来因为单一的旅游线路而错失的风景。但是这又有什么关系呢？什么样的性格铸就什么样的人生。适合自己的，自认为美好的就好。

在遇到法国夫妇后的第二天晚上，我又去餐厅吃饭，我总喜欢在太阳落山后出来吃饭，没有烈日的夜晚，有些许凉爽的感觉。照旧没有位置，一个印度男人自己占了一个两人的位置。我走过去请他允许我坐下。

人们对陌生人总是特别友善，特别是对女人。果然，印度男人和善地邀请我坐下。好吧，坐下就开始聊天。我听他说他的家庭、他的职业、他的信仰。这一路上和人聊天让我获得很多信息。这个四十多岁的男人，有自己的车子、房子，有不低的收入，从他每天来这里吃饭就可以看出，这里对我们来说消费不算高，但在当地算比较贵的地方了。我去过对当地人开放的海鲜餐馆，价格只有这里的一半，不过环境就嘈杂得多了。

男人干干净净，非常斯文，我搞不懂他为什么这个年龄还不结婚，我以为他只是不想结。不过当他知道我是单身后，对我的热情明显高涨，把他的邮箱、博客什么的，一股脑全留给我。当我问到他的宗教信仰时，他说他是一个无神论者。这让我百思不得其解，在印度崇尚信仰自由，有的人甚至可以同时信仰几种不同的宗教，但是无神论者我还是第一次遇到。

当晚，当我回到旅馆打开邮箱时，我收到了这个印度男人的邮件，让我好笑的是，他说他非常喜欢我，还把他博客的内容发给我看，可惜我没有一点兴趣。我潦草地回复了他的邮件，便早早地睡了。

我想家了，我开始思念起我的女儿来，宝贝，我不在的这段日子你可好？

算算离回家的日子不到十天了，我既期待回家，又对即将到来的离开充满不舍。一个多月的时间，就在我东晃西晃的不经意间从身边流逝了，掐指算算还有那么多地方没有去，心里惶惑起来。不到十天的时间，我可以去哪里？我在印度的离境地是加尔各答，于是拿出地图看看从果阿到加尔各答之间有什么值得一看的地方，这一看让我后悔不已，哎！太多地方想要去了。虽然我这一路上已经很赶时间，到处跑，除了恒河和德里花了我较多时间，其他地方我基本上是待几天就跑。我想在有限的时间里多跑印度几个地方。然而我还是不得不遗憾地承认，从北印度到南印度，虽然我到了不少著名景点，但这一路上被我错过的风景也真的不少。离回家的时间越来越近了，心里生出些隐隐的痛来。虽然告诉自己以后还会再来，但我也知道，像这样说走就走的事情，不是说有就有的，除了天时、地利，还要人和。

面对众多还未去过的地方，我实在不知道该去哪里？拿出书来对照，似乎每个地方都值得一去。算了，还是让印度的神来决定我去哪里吧。我拿出一枚崭新的十元印度硬币，往空中抛去，硬币跌落在一个叫金奈的地方，这里有着几百公里的海岸线。哈哈，既然这是印度神的旨意，那么我就遵从吧！

这一趟金奈之行果然精彩。

第 13 章

金奈奇遇

　　金奈的热和果阿的热比起来，就像是一个妈生的双生子。很热的除了天气，还有出租车司机。

我被一个出租车司机用
中国话骂娘

　　一下火车，遇到一个分外热情的出租车司机，在我告诉他地点并讲好 200 卢比的价格后，我非常舒服地坐在了有空调的车上。

　　司机非常殷勤地把我带到一个又一个的酒店，尽管我拒绝他，不要他帮我提背包，可是他仍然像一个跟屁虫似的跟着我进到每一家酒店，而别人一见他，都是表情难看地拿出一张价目表，坚决不和我讲价。

　　我知道只要有这个家伙在，我是不要想找到价格便宜的酒店了。

　　我掏出 200 卢比递给他，让他走人。

　　可是他说："不不不，400 卢比。"

　　"400 卢比？"我嘴巴张得大大的，问："为什么？"

　　"你看，我带你转了好几家酒店，绕了很多路，你应该给我这么多。"司机摇头晃脑地说。

　　我坚决不干："不，说好 200 卢比的，是你自己要带我找酒店的，可是因为你，人家给我的要么房价很贵，要么没窗户、没空调，有的房间还有生霉的怪味。"我毫不留情地说出我的愤懑。

　　可是司机依然不干，他说："不管怎么说，你必须给我 400 卢比，要不你就去住酒店。"他指着我身后的酒店说。这家酒店的价位我勉强能接受，可是人家只有一间房间给我，我没别的选择。我上去看了，房子刚刷了油漆，一股劣质刺鼻的味道熏得我眼泪直流，我可不想在这个没有空调的房间里被活活闷死，也因为如此劣质的房间激起了我的怒气，我才强烈地要求司机走人。

面对一脸凶相，固执要我给他400卢比的司机，我懒得理他，我把钱放在裤兜里，站在街上找警察。

之所以要找警察，是因为我担心他对我用暴力，这件事情换成其他人估计会给400卢比了事，毕竟不要随便惹麻烦是我们从小受到的教育。很少有人会从小被告知，要学会捍卫自己的权利，懂得做人的尊严。在我们的世界里，明哲保身才是真理。

可是我从小个性固执，凡事认死理，再加上受了小法的影响——"凭什么对外国人就要高价，这不符合规则，每一个人都要遵守规则"，我这会儿脑袋里的那根筋还没有转过弯来。是的，我不甘心被敲诈，凭什么？

见我站着东张西望不理他，他走到我面前说："给钱，否则你不准走。"

面对比我高出整整一个脑袋的印度男人，我大声说："闭嘴，我要报警。"

男人朝地上狠狠地啐了一口唾沫说道："你找警察没用，警察是我的兄弟，他们听我的，不会听你的。"

这话好熟悉，似曾相识。

围观的人越来越多，但没有一个人站出来为我说话，每个人都保持沉默，默默地看我们吵得热火朝天。这让我觉得很奇怪，沉默不是印度人的风格，七嘴八舌地议论和帮腔才是正常现象。我想只有一个原因，他们也许明白司机是怎么回事，但是司机太过于强势（看上去围观的似乎都是低种姓人，司机的种姓明显比他们高），即使心里有想法，也不敢流露出来。

虽然我也不愿意惹事，但是事情来了我也不怕，即使我孤身一人面对满脸愤怒的黑大汉。

我相信真理在我这边，邪不压正。

司机在我耳边喋喋不休地威胁，我忍无可忍，再次喊道："闭嘴，我不和你说，我要找警察。"

一个女人让印度男人闭嘴，这对他来说是奇耻大辱了，他满脸涨红，大声地对我说："你这个女人闭嘴，滚回你的国家。"

我气极，让我闭嘴！我不是听话的印度女人，我是一个地地道道的中国女人，占了半边天的中国女人。

于是我也毫不客气地再次回敬他："你闭嘴。"

他马上用同样的态度回敬我，叫我闭嘴。于是非常奇特的，我和这个印度大汉从开始为了 200 还是 400 卢比的争执变成了互相让对方闭嘴的吵架。盛怒中我们像两只蓄势待发的疯狗，全身毛发倒立，只待谁先弱了气势，谁便会将对方撕碎。围观的人虽然多，但没有人报警，也看不到警察的影子。

正当我们争执不下时，一辆巡逻的警车缓缓地从我们身边经过。我一直自认是一个有福气的人，虽然身边围了一大群看热闹的人，我还是一眼就看到了警车，这是因为我一直站在旅馆的台阶上和印度黑大汉吵架，能够将街上的情景尽收眼底。我快步奔到警车旁，告诉警察我需要帮助，我并不相信警察都是这个黑大汉的兄弟。

正如我想，果然不是。

在听完我的诉说后，警察又问司机怎么回事。然后很干脆地给了我们一个折中的结果：给 250 卢比。

哈哈，这个结果让我觉得好笑。250！哈哈哈哈，和这个司机在这里吵了这么半天，我不就是一个 250 嘛，可是这个 250 今天当得好有趣。我毫不犹豫地点头同意。司机不干了，他不再理我，缠着警察喋喋不休地说着，警察同志非常潇洒地把手一挥，打断他的话，说："就这样，不要再说了。"语气温和，但干脆、果断，不容抗拒。说实话，此时此刻，印度警察的形象在我心里一下子高大起来。

我将钱递给警察，我已经不愿意再和司机有任何接触。警察将钱转手递给司机后，拍拍屁股走人了。估计他心里为这么轻易地解决了一桩国际纠纷而暗暗自豪。

司机百般不爽，重重地关上门后，朝我恶狠狠地咒骂起来，在我们开始的争吵中他还维持着最起码的礼貌，没有使用粗俗语言。而现在，他则把在刚才争吵里克制的东西添油加醋地骂了出来。他一脸恶相，用最下流的英语朝我咒骂，我终于领受了真正的印度吵架风格。

我正欲回几句，转念一想，不行，许多印度人正在旁边起劲地看着这个印度司机骂我，如果我回骂，那我岂不成了"泼妇"，还是个中国"泼妇"。算了，不和这种人一般见识，刚才的争执是据理力争，如果和他骂街，则是掉价了。

见我不理他，他骂得更凶狠了，遇到这种人算我倒霉，可怜之人必有可恨之处。记得有人对我说过："如果有人送你东西，你不接受，那东西还是他的。"所以我不回骂是想让他明白，我根本没有把他骂人放进心里，我唯有一脸怜悯的表情。

我摇摇头，准备离开这个是非之地，但他的一句中国脏话让我瞬间石化了，这几个字像敲石头的钎子，一字一字地敲进我心里。

我回头，满是震惊地看着他。他恶狠狠地看着我，嘴里再次异常清晰地吐出一句骂娘的中国脏话。

是什么人以什么样的心态教会这个印度司机这句骂娘的中国话？他是否想到有一天这句话终于有了用武之地？

何其悲啊！

而面对这句骂娘的脏话，我无法还击，只能换了一种更悲悯的表情看着印度司机，一边撇着嘴角，一边摇头。

司机被我看得忍无可忍，再次丢下一句脏话，绝尘而去。

在我的原计划里，我是要住在金奈清真寺旁的老外区的，计划待一两天后离开。那么，我能看到的只能是清真寺和附近没有多少残垣断壁的彼得堡。但是那位黑心的司机破坏了我的计划，他并没有将我带往老外区，而是将我带到印度人聚居的地方。因为费了太多的精神找房间和吵架，我已经没有精力再去老外区了，只想在附近找家旅馆住下。但是我发现，这个城市的旅馆真的是少得可怜。好不容易找到一间带空调的房间，环境却不是很好，不过价格合理，我将就着住下——心里充满防备地住下了。

迷人的南印度音乐

安顿好自己，再美美地睡了一觉，醒来时已是黄昏。

一般来说，在印度的这个时间，我总是在人多的地方闲逛，或是待在旅馆附近自己熟悉的地方，但是今天我不打算这样度过。

这个地方不是老外区，没了让我熟悉的群体和环境，我想到附近走走，看看有没有可以浏览的景点。

旅行书上说，离我大约两公里的地方有一个印度最大的湿婆妻子的寺庙，我打算去看看。其实，这一路走来，我已经不想再看什么寺庙，现在去纯粹是为了打发时间。

但是这一去，禁不住在心里惊叹：感谢印度的神，给我安排了如此精彩的金奈之行。如果不是司机的原因，我一定会住在清真寺旁，在有限的时间里也一定不会看到湿婆妻子的寺庙了。

还没到寺庙，远远就看见一个三角形的高高的庙宇耸立在民居群里，寺庙的顶部像一个三角锥体，密密麻麻地布满了精美的雕塑。似乎印度人要把所有最美的东西都放在上面，大大小小的人物数都数不清楚。这让我想起了克久拉霍性庙上那些精美绝伦、让我终生难忘的雕塑。寺庙门口，一些男人朝着一座带花环的雕塑膜拜，他们将双手在胸前交叉后，手背靠着脸颊，原地微蹲三次祈福，姿势很是好看。我走上前去，让他们教我。当我做完后，寺庙的祭司招手让我过去，他拿出白灰放在我手心里，示意我抹额头，等我做完后又交给我一些洁白的花瓣。我发现，每到一个地方，如果你尊重别人的信仰，最好怀着虔诚的态度跟着他们完成一套膜拜的礼仪，就能赢得他们的微笑和认可，他们也不再把你当外人，在有些地方，宗教的凝聚力远远大于血缘。

在拉萨游布达拉宫时，因为我愿意膜拜历届活佛的塑像，一位热心的藏族大姐一路给我讲解和给予帮助；在斋浦尔游梵天庙，一位热心的印度男人带着我完成了膜拜的整套仪式；在印度火车上，一位穆斯林告诉过我，穆斯林之间，即使是陌生人，都很容易获得帮助。

　　果然，当额头抹了白灰的我，小心翼翼地捧着沾满了香灰的鲜花穿行在往来如梭的人群里时，没有人让我离开，即使我边走边照相，也没有人过来阻挡我。

　　寺庙的左边有女性歌者在吟唱。在印度听了太多的印度歌曲，我以为这是寺庙播放的音乐，但不是。偌大的廊柱下，黑压压的，坐满了人，大家安安静静地引颈张望着正前方，有人随着音乐摇头晃脑，有人轻拍节奏附和……廊柱外面，人们席地而坐，静静聆听着这天籁之音。

　　我找了个位置把自己安顿下来，加入聆听行列后我发现，廊柱的前方搭了大大的舞台，辉煌的灯光将布置得大红大紫、满是鲜花的舞台照得光彩亮丽。两位看上去已经不年轻的女性歌者端坐在舞台中央，身子微晃，手臂轻舞，闭眼吟唱，华丽的首饰将两人点缀得高贵典雅而又妙曼多姿。这个舞台上，最吸引人的不是两人的美貌，让人如痴如醉的是她俩动人的歌喉。

　　似乎歌声来自两人身体最柔弱的部分，也因此，这歌声柔软得似乎要化进人的心里去，这和我平时常听的那种印度歌曲有着明显的不同。电影里的歌曲经过了艺术提炼，有很多的修饰痕迹，而这两位歌者全是自己现场发挥，两人和乐队之间的配合非常默契，无论她们的歌声如何跌宕起伏、蜿蜒绵长，乐手的鼓声和琴声总能拿捏得恰到好处。我听不懂歌词，但我已经陶醉在这行云流水的歌声里。如泣如诉的梵音，将我带到一个缥缈的国度，到云端、到天际。后来我回国后查资料才知道，那天我欣赏到的是印度现今保存不多的南印度音乐。当我写到这里，歌者的吟唱又在耳边响起，余音绕梁，三日不绝。余音

女性歌者在低声吟唱，歌声让人如痴如醉

绕在我心里，将成为我一生的回忆。

　　歌者结束演唱，人们安静地离去，有人递上本子索要签名，有人要求合影。通过询问我得知，这是印度两位很有名的歌者。我这里没有用"歌星"，是因为我认为所谓的"星"大多昙花一现，只有歌者，才会永远歌唱并被人热爱。

　　我在印度逛 CD 店时发现，有些歌者从照片看上去已经是满头银发，容颜不再，而她们的 CD 依然畅销。这和某些拼命整容仍然留不住观众的"明星"相比，实在是天壤之别。

　　今日，有幸得以窥探到印度艺术的殿堂，神圣而不可亵渎。这和我在德里酒吧听到的晦涩而献媚的歌声有太多不同，那种歌曲乍听不错，多听两首便甚觉无趣。

　　我在心里默默感谢那位想吃我回扣的司机，如果不是他，我无缘享受今日的视听盛宴。这天晚上，只有我一个中国老外，在这个人山人海的寺庙里和这些印度人扎堆打诨，这是行走中的乐趣所在。

行走印度，我见到很多寺庙、教堂，有伊斯兰教的清真寺、印度教的神庙、尖顶的基督教堂、锡克教的金庙……唯独很少看到佛教寺庙，佛教徒在印度人数很少。印度是佛教的发源地，随着历史的变迁，佛教从曾经的盛极一时到如今的没落，我无从去思考这其中的原因，但从眼前这个热热闹闹、载歌载舞的寺庙，我似乎有些明白其中的道理。

我说载歌载舞，是因为寺庙门口挂有宣传海报，上面排满了本周的活动内容，除了演唱，还有舞蹈和民乐。唱歌跳舞这些人间俗事在佛教寺庙是不可能发生的事情，而印度教的寺庙却专门请了名人来助兴，方显出寺庙的名气和地位。哈哈，原来印度教的各路神仙，不仅娶妻生子，还喜爱艺术，这些神仙本领高强，救苦救难，还过着和普通人一样的家庭生活，怪不得印度人对他们是如此喜爱。

明早我想去看看玛丽娜海滩，据说那里有着全印度最长的海岸线，再去号称全世界最美的法院之一的金奈法院转转。

我见到了世界上最美的法院

我住的地方离海滩很近，步行半公里就可以到达。早上 6 点 10 分，当我到达海边时，红日已冉冉升起，没有惊心动魄的瑰丽，没有绚烂的朝霞，看上去平淡无奇。海滩上无家可归的流浪者横七竖八地躺在沙滩上，天当被，地当床，这个季节睡在干燥的海沙上非常舒服。清晨凉爽的海风习习轻拂，一天中，唯有这个时候让人心旷神怡。我很想在这个满是细沙的海滩上多待一下，我甚至冲动得想跳进海里，因为不远处已经有人赤裸着身体冲进海里去了。可是我不能，因为我发现，在我左边不远的地方，有很多男人蹲在沙滩上，有东西从他们的屁股底下一坨坨掉出来，随风送来淡淡的味道……这是一群在此集体拉屎的男人。面朝大海，多么富有诗意，可是他们面朝大海不是看春暖花开，而是屙屎。要是海子知道我把他的诗用在这里，不知道会不会气得重新活过来。男人们边屙边聊边抽烟，并不因为我这个女人在离他们不远的地方对着他们照相而有丝毫的羞涩感。屙完后，这些人裤子也不穿，直接跑进海里，将屁股洗干净，在海浪间嬉戏，间或比比"老二"的大小……这样的场面除了我的左边有，右边同样也在上演。如果不是我早早地占据了这个位置，我这里也一定成了他们集体屙屎放屁的地方，有着 13 公里海岸线的沙滩，成了一些印度人天然的厕所。我无意久待，看似洁净的沙滩在我心里就此蒙垢，那些涌进鞋里的沙子也让我浑身难受。

在金奈，我再次领略了印度人随地大小便的恶习。昨天我在找旅馆时，无意间闯入了街边的"地雷阵"，急忙退出，但鞋帮还是沾了一些尿渍。今天干脆目睹了人家和大自然亲密接触，即使在我的相机下，他们也坦然自若，根本影响不了他们排泄的心情和速度。

如果你看到这里，想吐就吐吧！印度就是这样一个美好与丑陋掺杂的国家，让你恨，让你爱，让你纠结。

时间尚早，天气也凉爽，我离开海滩，招了辆"突突车"

向不远处的法院驶去。只是我到得太早了，法院还没到上班时间。我在门口东张西望，试图找到能通融的入口进去。在我鬼鬼祟祟地探看那些可能的进口时，有几个穿制服的法院值班人过来问我干什么。

仗着是老外，我涎着脸说想进去看看。这下热闹了，有人告诉我九点半开门才能进去，有人告诉我不能进去。印度人总是这样，当你询问他们同一个问题时，你总会得到不同的答案，即使是同一个群体的人。

我选择了相信九点半开门。我不想错过见证世界上最美的法院的机会。于是，我找了张凳子坐下，尽管此时才七点半，天已经开始大热了，我仍然选择了等待。

不过，在印度，我运气总是极好。

这不，在我屁股还没有把凳子捂热时，就有个值班的人悄悄地对我比了个手势，示意我顺着墙一直走，就能进去。

我喜滋滋地朝给我指路的印度大哥偷偷比画了个谢谢的手势，就顺着红色围墙往前走，抬首间，法院红色的建筑已朝我露出了它绝美的姿容，这只是冰山一角。

想象着一会儿就能从雕栏间目睹庭院里惊心动魄的美（旅行书上是这样介绍的），我忍不住小小地激动了一会儿。可是当我找到可以进入的大门时，我却被阻止了。守门的保安不让我进去，说今天是周六，法院不对外开放。

为了不让我这个外国游客感到遗憾，几个保安又商量了一番，决定对我网开一面，有位女保安对我说，她可以带我进去，但不能拍照。

能进去就不错了，即使不拍照，之前我根本没指望从雕栏处看庭院惊心动魄的美。庭院里古树参天，红色的古堡式建筑，小松鼠在林间奔跑，鹦鹉在树上多情地歌唱……让我异常羡慕那些在此办公的印度人，这哪里是法院，分明是保存完好的度假胜地。陪同我的女保安，一边带着我走马观花地参观庭院，一边给我介绍古堡的一些建筑，哪里是庭审的地方，哪里是办公的地方。在一处很美的地方，她建议我照几张照片留念。

见我穿着T恤，她告诉我，她不喜欢我穿的T恤，她非常喜欢纱丽。我则说我也喜欢她们的纱丽，可是我不喜欢穿，太麻烦，穿上后什么也做不了，得不停地用手去捞衣服和纱丽，她开心地笑着说，她不会，她觉得穿上非常舒服，非常美丽。

离开时，我给了两位女保安真诚的拥抱。在印度，出于礼节我拥抱了很多人，唯有此次才是真心拥抱。想想真的很惭愧，我生拉硬扯地让人家打破原则对我放行，而别人对我却是如此善待。这一路走来，一些印度人做人处事的方式，除了打破我原先固有的一些观念，有些东西，也动摇了我的一些做人方式和思维模式。印度普通民众和印度文明带给我的震撼，在我不设防间，慢慢动摇了我是来自一个文明大国的信心。

再见了，金奈，这个让我有满满感动的地方。这一路走来，尽管经历这样或那样的事，接触形形色色的人，但总的来说，我在印度遇到的还是好人多。

我的最后一站是加尔各答，我要从那里直接飞回国了。短短几天的时间，我无法再挤出时间到其他城市游玩，干脆安安静静地待在那里，等待回国时间的到来。只是我没有想到，我在印度的最后行程并不顺利。

第 14 章

最后一站
——加尔各答

Chapter 14

　　我记得小林说过，他准备在加尔各答的"仁爱之家"做一个月的义工。当我到达加尔各答的时候，我不知道小林是否还在这里。

我只想安安静静地待在这里

我原先的计划里有到"仁爱之家"做三天义工的打算，但在恒河边和小林一番交谈后，我放弃了这个想法。说实话，我想去做义工，仅仅是一种猎奇，仅仅是为了丰富自己的经历，仅仅是为了回国后我可以很骄傲地告诉别人我曾经在印度的"仁爱之家"做过义工。在和小林交谈后，我知道我错了。

被救助者往往是敏感的，并不是每个被救助者都会对志愿者感恩戴德。他们会带着评判的眼光看待志愿者，你的关爱是否发自内心，他们一目了然，如果你只是为了猎奇，你会被强烈地排斥，甚至他们会加倍仇恨这份怜悯，即使生活在社会最底层的人也有自己的尊严。在国内，我曾经和一些志愿者去孤儿院献爱心，但是我发现有几个大孩子对我们满怀敌意，甚至根本不搭理我们，后来保育员告诉我们，她们这样的态度是因为她们觉得很多人来这里是为了看稀奇，像参观动物一样，她们也是有尊严的，所以她们中的一些人很憎恨这种行为。这也是为什么小林说如果我只安排了三天的时间，最好不要去的原因。

感谢命运让我遇到小林，阻止了我自以为是的爱心。我想如果有一天当我真正准备好了，可以真正发自内心自愿去帮助那些需要关爱的人时，我再去做。如同恒河边，一个欧洲白人，任凭四个脏兮兮的孩子在他身上爬上爬下；在德里，一个美丽的欧洲女人，温柔地抱着一个乞丐的婴儿，逗得她"咯咯"发笑；在加尔各答，年轻的欧洲女人和一个女乞丐热情拥抱……在这些场景面前，我只是个看客，我做不到。

即使我尊崇佛理，同意众生平等。我的这套理论只是评判别人的标准，不是我自己的行事准则。有时候也想自己到底是怎么回事，放不下太多的执念。直到要离开加尔各答了，有件事情仍然让我耿耿于怀。

那是在德里坐地铁。

印度的地铁有女士专席，不过也可以男女混坐。我上了混坐的车厢，车厢里大部分是男人，有女人上来后，用手指指某男人，示意他让位置，男人面无表情地让座了。女人神态自若地坐下，没有一个谢字。我在心里猜测是不是因为男人看上去等级很低。由于这样的心思，在我被叫让了一次座位后，心里极不舒服，以至于当我离开印度时，这件事情还梗在心里。

有一次，在德里地铁的女士包厢里，我正坐得舒服，一位神态优雅、满头银发的印度女人示意我让座，我没有任何犹豫地起身让了座位。但很快，我心里开始极不舒服。老女人没有对我说一个谢字，甚至没有多看我一眼，那神态如同指使一个女仆。真是无语，我让你座位是因为看你满头白发，我从小受到的教育就是要照顾老人，可是这套在印度行不通。我因为行走印度，肤色被晒得漆黑，加上我又瘦又小的个子，再加上穿的 T 恤上印着尼泊尔字样，已经被归入低种姓人群里，这极大地打击了我的自尊。说句题外话，尼泊尔人因为经济上长期依靠印度而被印度人瞧不起。我甚至有阿 Q 的想法，如果再坐地铁，谁再用这种态度叫我让座，我一定要问她为什么。可是我没有这样的机会了。

到达加尔各答，我已经累得哪里都不想去了，不想去的除了"仁爱之家"，还有泰戈尔的故居，即使它离我不到一公里，我又瘦又黑，因为长时间消耗体力地奔波在烈日下。这一路走来，大部分的印度食品都让我难以下咽，大部分地方都没有肉吃，我快到营养不良的边缘了。已经没有人猜我是中国人了，很多人猜我是菲律宾人，是啊！哪里有这么黑的中国人？

看看离回国还有三天的时间，我找了家有空调的旅馆，到房间后倒头就睡，这一觉睡得天昏地暗，直到第二天中午才醒过来。我之所以醒过来，是被"咕咕"叫唤的肚子弄醒的，这家伙告诉我，已经很久没有进食了，它难受了。好吧，找个地方吃点东西吧，反正在加尔各答的日子就是混时间，要是时间能弹指一挥就好了，此时，我疯狂地思念女儿。

吃饱喝足，加之睡了24个小时，整个人又开始处在精神亢奋里，又开始顶着大太阳，满街闲逛。反正已经被晒得漆黑了，也不在乎多晒几个小时，不过这一逛，我发现我收获颇大。在街边有许多地方砌有半米高的三面围墙，地方不大，仅两三平方米，刚开始时，有男人在那里蹲着，从盆里舀水洗澡，我没有多留意。不过一路走来，经常看到这样的地方，很多男人都端了盆在那里洗澡，条件好些的直接用水龙头冲。我才明白，这种地方原来是男人们的公共洗澡间，印度太热，很多居民的家里狭窄得连洗澡的地方都没有，便在街边修建很多这样的公共露天洗澡间。

继续往前走，我来到一处卖肉的肉铺。印度人吃鸡肉是很普遍的事情，如同我们吃猪肉，条件好些的再加点羊肉。印度人杀鸡的方式很奇特，抓住活鸡（和我们称为白羽鸡的品种差不多），连毛带皮扒光，再一刀把鸡头剁了，看到他们杀鸡的方式我才明白，为什么我在印度吃的鸡肉都没有鸡皮。这些不同的生活方式不禁让我好奇。

夜晚，我独自坐在旅馆前的台阶上，拿着相机拍过往的"神仙"，有两个乞婆过来找我要钱。

我身上有几个硬币，我想带在身上也没有用，不如给她们算了。我告诉她们，如果我给她们钱，她们不能让其他人知道。两人点点头，同意了。我把身上的几个硬币，偷偷地塞给了她们。即使我们的动作很轻微，但还是引起了远处几个乞婆的注意，她们也跑了过来，神色疑惑地看着我们。我们都装作什么都没有发生的样子，继续说话。跑过来的乞婆见没有什么好处，狐疑着走了。两个乞婆中有一个英语非常好，这在乞讨的人里很少见。这些乞婆不像那些沿街乞讨的脏兮兮的乞丐，她们看上去干净而有一些风尘味，从衰老的五官上可以看出曾经的美丽。我让那位英语好的乞婆和我坐在台阶上聊天，另一个也不走，跟着坐下。乞婆比我想象的话要多，她一直在告诉我她的故事。她很小的时候被家里人许配给一个拉三轮车的男人，她给男人生了一大堆孩子。我问她一共有几个孩子，她说不记得了。男人结婚后便不再出去拉车了，逼她出去干活来养活家人。至于干什么活，她没有给我讲，我也没有问。在印度，一个贫困女人要养活一大家子人，能用什么方式？她不仅要干活养活家人，还得当男人泄欲的工具，酗酒的男人有事无事就拿她出气，她脖子上的疤痕就是被男人酒后拿火烧的。再后来，她赚不到钱了，男人就把她赶出来了。

我问她，孩子们呢？都去哪里了？她耸耸肩说她不知道，孩子们很小就离开家了，现在和她有联系的只有大女儿，做的也是她这一行。

我又问，那晚上住哪里？她指指远处的几个女人说，她们晚上住在一起，就住在大街上。

在印度，住在大街上的人到处都是，那是真正的无家可归者，好在印度热，晚上的日子倒也不难过。难得的是这些女人睡在大街上，倒把自己弄得干干净净。当她们来到这个世界上，她们的命运一眼便可以看到头，这才是可怕和可悲的地方。

唉！不想了，我无力去改变别人的命运，世间本就不公。夜深了，路上的行人也少了，我把身上带的几百卢比全分给了这两个乞婆，明天我要回家了，让我没有想到的是，原本想平平静静离开的我，在最后的行程里，发泄了我所有的情绪。

如果你敢再碰我，我一定会杀了你

我在前面说过，我会把我在印度被"吃豆腐"的事情忠实地记录下来，在焦特布尔过胡里节，我已经写了我被一个印度男人狠狠地在大腿内侧留下几道耻辱痕迹的故事。现在我在这里做个被"吃豆腐"总结。

印度男人对吃女人"豆腐"的酷爱到了让人无法忍受的程度。其"吃豆腐"的方式多种多样，袭胸、摸腿、掐屁股、捏腰……凡是能"吃"的地方他们都极尽本事。这对于他们来说只是敲敲打打的小儿科，蹭一下，即闪开，那只偷吃"豆腐"的淫爪并不在你身上做过多的停留。在进入印度的火车上，我被邻座大叔偷偷袭胸；在恒河边，在瓦拉纳西汹涌的人群里，有人伸出魔爪朝我胸部抓来，好在我及时用手挡开了，不过胸部总被人有意无意地撞着。这种亏吃得不明不白，后来有了经验，干脆抱着胸走路。

在焦特布尔，因为过节，也因为我报复了非礼我的男人，这件事在我心里倒是没有留下太多的阴影，但是在加尔各答，我彻底地愤怒了。

退房时，我习惯性地将钥匙交给总台服务员。一般说来，有职业道德的服务员很珍惜在这个失业率极高的国家能够有这份工作，即使薪水不高，大部分的人也都是兢兢业业、尽职尽责。焦特布尔的服务员，除了打扫房间外什么都做。即使这么辛苦，看到客人还是彬彬有礼、热情相迎。

今天，当我把钥匙递给总台服务员时，没想到他顺势摸了一下我的手臂。这在印度是很正常的事情，就像他们吃饭喝水一样正常。

只是今天，这个男人不仅仅只是想"吃饭喝水"，他还想"吃"点别的。见我没有理他，他干脆在我还没有来得及收回的手臂上捏弄起来。我心头的邪火"蹭"地一下冒了出来，这一路走来，因为被"吃豆腐"而隐忍的委屈，此时全都爆发出来了。我心里极度厌恶，"唰"地一下甩开他的脏手。没想到，他竟然得寸进尺，将脏手从我的衣袖处伸进去，在我的背部使劲地抓了几爪。

加尔各答的温度高达四十多度，我居住在老外区，自然要穿短袖 T 恤，图个凉快。我可没有勇气像印度妇女那样，用层层纱丽把自己裹得牢牢的，也因此便宜了这个印度男人。他可以很方便地从我的衣袖把手伸进我的衣服里面。这让我觉得受到了奇耻大辱。我狂怒地转身，用尽全身力气将他推开。我大声地呵斥道："你做什么？"一边说，一边用利爪朝他的头上、脸上招呼过去。他估计是呆了，吃惯了"豆腐"的印度男人，没见过这么狂暴的女人，我此时，杀他的心都有了。

如果我是只老虎，我一定将他粉身碎骨，可惜我不是。打了不几下，我已经累得气喘吁吁了，而他只是呆呆地站在那里，并不躲闪，任由我没力道的拳脚相加，我心里的愤怒并没有因此减弱，反而因为没有把他怎样，更添激愤。

手脚打痛了，好，我还有东西伺候你。我把在印度买的、用来在火车上栓行李的细铁链拿了出来，接着打……这下他痛了，他一边用手护着头，一边试图夺过我的铁链，我又打不着他，这让我气得要爆炸了。我疯了般地冲过去，双手抱着他的头。你要问我，抱头干吗？咬！是的，我用嘴巴狠狠地朝他的头皮咬了下去。我边咬边叫，男人发出杀猪般的叫声。我边咬边叫边用手撕扯他的头发，他个子和我差不多，又低着头才让我有机可乘。我像一只母狼拼命撕扯到手的猎物，有血从我嘴角流出来，这让我感觉到痛快。

同志们啊！不是我变态，这一路上被"吃豆腐"的屈辱，传说中印度男人的种种恐怖让我这一路走得提心吊胆、小心谨慎。就像鲁迅先生说的，不在沉默中爆发就在沉默中死亡。我选择了爆发，因为我不想死去。我不想死去，我也弄不死他，虽然我把他的头皮咬出血来。不对啊！我咬他怎么我的嘴巴这么痛？天啦！流血的是我自己的嘴巴。

原来在咬他时，我把自己的嘴唇也咬进去了。疼痛加上气愤，我抱住他的头，用膝盖朝他的脸上恶狠狠地撞去，我手脚没有力气，腿可是很有力气的。可是没有撞两下，我又动不了啦，因为我被好几个人拉开了。原来我在这里又打又闹时，身边不知什么时候聚集了一群人。

一个外国女人如此凶狠地殴打一个印度男人，再加上印度男人臭名昭著，此情此景，用屁股想都能知道发生了什么事情。

在我被拉开后，我听到有人说："够了，住手。"

"够了？不，没有够。"我对着朝我大喊的男人——旅馆经理大叫。

被人拉开，我才发现不知什么时候我泪流满面且头发凌乱，嘴唇红肿。

被吓坏的不仅是非礼我的色狼，还有围观的人群，看我全身的惨状，可能已经有人猜测我被辣手摧花了。似乎一条国际新闻又要呼之欲出了。

旅馆经理严肃地看着我问："发生了什么事情？"

我抽泣着，说不出话来，其实是累得只有出气的份儿，哪里能说出话。

我一直哭，其实是大口地喘气，看上去伤心欲绝，什么也不说。见我这里问不出什么，旅馆经理又转身问他的伙计："发生了什么事情？"

"我不知道。"这家伙回答得坚决、果断。仿佛刚才是被一个发神经的女人莫名其妙地攻击了一般。

当我听他说他不知道时，我跳了起来，用手指着他，满脸悲愤地说："你说你不知道？"于是我抓住经理，在他身上乱摸起来，不仅摸了背部，还摸了大腿，胸部，我把在印度这一路上所有被吃的"豆腐"都在这个男人身上讨了回来，我一边摸一边对周围的人说，这伙计就是这样摸我的。

旅馆经理有些懊恼地推开我，我才没有兴趣吃胖经理的"豆腐"，我只是用我的方式讨回公道。经理的表情轻松了很多，伙计的表情就紧张了，这个家伙急得指着天发誓："我没摸她那么多的地方，我只是碰了一下她的背。"围观人"哄"地笑开了。我仍然哭得悲悲切切、要死要活，经理和伙计在旁边用印度语在说着什么，我听不懂，反正哭就是了。

终于，经理对伙计说道："对这位女士道歉。"

伙计又开始指天发誓他没有干我说的那些事，不过他还是心不甘情不愿地对我说了对不起，我看着他的眼睛，恶狠狠地对他说："如果你敢再碰我，我一定会杀了你。"

伙计躲开我的眼睛，骂骂咧咧地走了。估计他是这样骂的："妈的，今天怎么这么倒霉，碰到个女汉子。"

是的，以前你没有遇到过，现在遇到了，凡事怕认真，希望你好自为之。

印度，我还会再来

在我离开印度口岸时，印度边境官员问我："你喜欢印度吗？"

我咧开还有些红肿的嘴巴，笑着说："我喜欢，非常喜欢！"

他继续问我："你会再来印度吗？"

我毫不犹豫地回答："是的，我一定还会再来！"

我说的是发自内心的话，没有客套。尽管经历了这么多事情，我还是非常喜欢印度。

边境官员在将护照递给我时说道："欢迎你再次来到印度。"

是的，印度，我还会再来。我还有那么多地方没有去，我现在担心的只是时间不够用，生命短暂，世界如此精彩。

想起一句话：生命的长度，上天安排；生命的宽度，自己打理。

Afterword

后 记

  2015年，印度总理莫迪，这个来自印度瓦拉纳西的政坛精英（想起瓦拉纳西我就忍不住微笑），在访问中国时高调宣布，印度将对中国实行电子签证。所以2016年当我再次出发去印度时，我在网上办理了电子签证。签证办理时间非常短，大约三天就知道结果，我之前办理的纸质签证是一个礼拜后才知道结果的。

  2016年，我实现了自己对印度的承诺，带着女儿来了一次印度游。这次行走印度，我发现和我两年前游印度有了太多的不同。成群结队的中国旅游团开始充斥在印度各个有名的景区，在印度自由行的中国人也越来越多。中国人的到来带动了印度的一些特色产品的消费，物价飞涨。我曾经购买小叶紫檀的那家商店，小叶紫檀价格疯涨。

  这次和女儿行走印度，虽然一路上我们也遭遇了一些惊险又刺激的事情，但总的来说是非常温馨和感人的。比如第一晚到印度，我和女儿因为在网上误订了一家不存在的旅馆，我不得不和女儿深夜流落街头，来了一场人狗大战；比如在阿姆利则，我和女儿为了看印巴降旗仪式，无意中和几个男人拼了一辆车，回来时已经是月上枝头，我们仍然平安地回到住处；比如我和女儿在夜晚拦"突突车"，因为车上已经有两个男人，我们拒绝上去，男人们非常自觉地坐到前排，留下后面的位置给我们；比如在克久拉霍，刚认识的一位懂中国话的男士，当他知道我想参观印度人的婚礼时，热情地邀请我们去参观他亲戚的婚礼；比如在德里，一位陌生的男士仅仅因为他的兄弟在中国，就要邀请我们去吃印度大餐……印度人的热情、善良与淳朴让女儿印象深刻，这一路她走得非常大意和轻松，也因此她说了一句让我哭笑不得的话："妈妈，在印度，根本不是人家说的那样，很安全嘛。"我家这个"二货"根本不知道，她妈妈是全身十万个毛孔全警惕地张开着，替她护航。

如今的印度，会说中国话的印度人越来越多，一些人专门到台湾或大陆来学习中文，为的是有机会能和中国人做生意，越来越多的印度人到中国工作，在现在的印度人看来，中国的发展意味着他们赚钱的机会来了。

我想，也许在不久的将来，中国人去印度会像去新马泰（即新加坡、马来西亚和泰国）一样便捷吧，我想说的是一定要理性消费，因为印度物价跟我们的物价来比，实在是便宜很多，所以千万不要用人民币的概念去消费，该砍的价格一定要砍，因为在印度消费的是卢比，我担心的是中国人去印度慷慨消费的话，就没有便宜的印度游了。

印度？印度！
中国女子独行印度40天